集英社オレンジ文庫

からたち童話専門店

～えんどう豆と子ノ刻すぎの珍客たち～

希多美咲

本書は書き下ろしです。

目次

【登場人物紹介】

初瀬《はつせ》零次《れいじ》

初瀬家の三男。高校二年生。有能だったり華やかだったりする兄弟に挟まれた、ごく平凡な少年。

枳殻《からたち》九十九《つくも》

初瀬家のお向かいの「枳殻童話専門店」の店主。癒やしオーラの持ち主で、あだ名は「ほっこりさん」。

初瀬《はつせ》　神《じん》

初瀬家の長男。大学卒業後に調理師免許を取り、亡き母が営んでいたカフェを継ぐ。弟たちを溺愛している。

初瀬《はつせ》悠貴《ゆうき》

初瀬家の次男。医大生。モデルの仕事をしていたこともある美形だが、口が悪く、厳しい性格をしている。

初瀬《はつせ》彩佳《あやか》

初瀬家の長女。高校一年生。尊とは二卵性の双子。かわいい顔をして気は強い。神に対してブラコン。

初瀬《はつせ》　尊《みこと》

初瀬家の四男。クールでかわいげがなく、特に零次に対しては呼び捨てにするなど扱いが雑。

イラスト／北上れん

えんどう豆と子ノ刻すぎの珍客たち

一年前の三月に、俺たちの母親は亡くなったらしい。らしいというのは、俺たちが母親の死を知ったのが、亡くなってから一カ月もたったあとだったからだ。

俺たちは母親が病気だったのも知らなかったし、亡くなったあとに葬式がいつ行われたのかさえ知らない。

なんでこんなことになったのかって思うかもしれないけど、理由は簡単で、俺たちが幼い頃に両親が離婚したからだ。

離婚の原因？

詳しくは知らないけど、母親に好きな人ができて父親とは暮らせなくなったってことくらいしか聞いていない。まぁ、他にもいろいろと大人の事情があったんじゃないのかな？

とにかく、そんなこんなで俺たち五人兄弟をまとめて引き取った父親が、仕事の都合で東京に引っ越したせいもあって、俺たちは十三年間、母親とは一度も会っていなかった。

だから、母親の死は寝耳に水だったわけだけど、誤解しないでほしいのは、この話は両親の離婚で俺たち兄弟が心の傷を負っているとか、亡くなった母親に対して複雑な想いを抱えてるとか、そんな重たい話じゃないんだ。

だって、そうだろ？　十三年前っていったら俺は四歳で、双子の弟と妹にいたっては三歳だ。まだ言葉も覚束《おぼつか》ない幼児だぜ？　母親の顔はもちろん、どんな人だったのかさえ覚えていない。

顔も知らない人のことを四六時中《しろくじちゅう》考えて、恋しく思えるほど俺たちは弱くなかったし、兄たちと父親が母親のいない生活をカバーしてくれてたから、俺たちは充分幸せだった。

だから、母親が亡くなったって聞かされても、なかなかピンとはこなかった。

そりゃ、自分のルーツがこの世からいなくなったってことに関しては、考えないわけじゃないけどね。……それでも、俺たちには関係のないことだって思ってた。

冷たく聞こえるかもしれないけど、たとえ母親って人が亡くなったとしても、俺たちの日常は変わらない。これからも家族六人で寄り添い合いながら、普段通りの生活を送っていくんだろうなって思ってたんだ。

だけど、やっぱりそういうわけにはいかなかったみたいで。図《はか》らずも母親の死をきっかけにして、俺たちの日常はガラリと変わってしまった。

ほら、今だって俺たちは遠く離れた地に車で向かっているだろ？

え？　どこに向かってるのかって？

西だよ、西。引っ越しをするんだ。日本の首都である東京から遙《はる》か七百キロ近く離れた西の地にね。

わかった？

そう、この話は新たな地で新たな生活を送る俺たち五人兄弟のお話。

……あ、違った。俺たち兄弟と、その向かいにある不思議な店のお話。

枳殻《からたち》童話専門店と、店主のほっこりさんの話。

第一頁

向かいの店のほっこりさん

バチン！

何かが破裂したような小気味よい音と、頰《ほお》を襲った痛みに驚いて、初瀬零次《はつせれいじ》は飛び起きた。

猫のようなアーモンド型の目を吊《つ》り上げて周囲を見回すと、両サイドに座っている弟妹《ていまい》と目が合う。

三人が連なって座っている場所は、狭い車内の後部座席だ。しかも、零次はその真ん中に腰を掛けているので、自由は大幅に制限されていた。

高校生男子の平均的体軀《たいく》に少しだけ足りない体をできるだけ縮めてみるが、それでも、窮屈《きゅうくつ》さは改善されない。

そんな状態で、なぜ自分が叩《たた》き起こされたのかわからずに目を瞬《またた》いてると、横から棘《とげ》を含んだ声を投げつけられた。

「やっと起きた？　零兄さん」

「って、お前、いきなり何するんだよ、普通叩くか？」

まだ痛みが残る頰をさすりながら少女を睨《にら》みつけると、一つ下の高校一年の妹は、黒目がちの大きな瞳《ひとみ》を吊り上げた。

「零兄さんが起きないからでしょ。何回呼んだと思ってるのよ」

車内の振動に揺られながら怒る妹の髪は、少しだけ色素が薄いので、日に当たると茶褐《ちゃかっ》色《しょく》に光る。肩胛骨《けんこうこつ》まである髪を高い位置で一つにまとめた姿は、窓から流れてくる春風に揺られて涼しげだ。

ストライプ柄のキャミソールの上に羽織《はお》ったカーディガンの着崩れを直しながら、彩佳《あやか》は小さな赤い唇《くちびる》を尖らせた。

「こんな狭い車内の、しかも後部座席の真ん中で寝られたら迷惑なの！　私に寄りかからないで、尊《みこと》に寄りかかってよ！」

「お、おい！」

彩佳は強引に零次の肩を左へと押しやった。必然的に左隣にいる弟に体を押しつける形になり、零次は無様にも尊の膝《ひざ》の上に体を倒してしまった。

「なにしてんの、邪魔なんだけど」

迷惑そうな顔を隠しもせずに、弟の尊が上から見下ろしている。その瞳があまりにも冷たいので、零次は急いで起きあがった。

「文句なら、俺じゃなくて彩佳に言えよ」

元凶である妹を指さすと、弟はめんどうくさそうに零次を押し返した。

彩佳と二卵性の双子である尊は、初瀬家の末っ子であるにもかかわらず態度が大きい。

小学校の時からバスケットボールをしていて、身長が零次よりも大きいせいもあるが、バランスのいい顔に飾られた切れ長の瞳や引き締まった唇が、普段からあまり動きを見せないので、不動の迫力があるのだ。

愛らしい顔立ちをしている彩佳とはまったく似ておらず、双子だと言わないと気づかれないほどだ。

「ちょっと、こっちにやらないでよ」

零次が戻ってきたせいで自分の陣地を侵略されたと怒る彩佳を、尊が一瞥《いちべつ》する。

まるで物のような扱いを受けた零次は、たまったものじゃないとばかりに声を荒らげた。

「おい、お前ら！　お前らが真ん中がイヤだって言うから、しかたなく俺が座ってるんだろ！　窮屈なのを我慢してる俺に対してなんだこの仕打ちは！」

「――うるせぇ！」

助手席から怒声が響《ひび》いたのはその時だった。ピタリと動きを止めた三人を前から鋭い眼光で睨みつけたのは、次兄の悠貴《ゆうき》だった。

「こんな狭っくるしい車内でうっとうしいケンカをしてんじゃねぇよ！　俺たちは何時間も運転して疲れてるんだから静かにしてろ！」

兄弟の中で一番怖い次兄に怒鳴られて、零次と彩佳はすっかり縮み上がってしまった。

「ごめんなさい」

「ごめん、悠兄」

素直に謝る妹にならって、零次も頭を下げる。長年の経験から、怒らせた悠貴には逆らわないのが一番だと学習しているのだ。たとえ理不尽でも、無駄な抵抗はせずに謝っておけばその場は丸く収まる。

「ったく、幼稚園児じゃあるまいし。いつもいつも同じことで揉《も》めてんじゃねぇよ」

ブツブツと言いながら悠貴が前方に向き直ると、運転席から苦笑が響いた。

「まぁ、なんだかんだいって、お前の声が一番うるさかったけどな、悠貴」

低く穏やかな声で悠貴をたしなめたのは、長兄の神《じん》だった。グッと言葉に詰まり、悠貴は黙り込む。

してやったりな気分で零次がニヤニヤしていると、神は彩佳に声をかけた。

「彩佳も、海が見えたから起こしてやったんだって素直に言えばいいだろ？　余計なことばかり言うからケンカになるんだよ」

「えっ？」

零次は目を丸くして窓を見た。とたんに広がったのは広大な海だった。遠目には海原《うなばら》を走る大きな船も見える。水平線は遙《はる》か遠く空と混じり合い、太陽を反射する水面はキラキラと光ってとても綺麗《きれい》だ。眠りに落ちる前はずっと山沿いの高速道路ばかりを走っていたので、すっかり様変わりしてしまった景色に驚いた。

「うおおおおお、瀬戸内海《せとないかい》ーっ！」

興奮して尊の上から窓にかじりつくと、きまりが悪そうに彩佳が言った。

「せっかく神兄さんが遠回りして海が見える道を走ってくれてるのに、零兄さんってば、寝てばかりいるんだもん」

「そうかそうか、ありがとう彩佳！」

少しツンデレ色の強い妹に礼を言いながら、零次は座席の間から運転席に顔を出した。

「な、神兄。あとどれくらいで着く？」

子供のような質問をする零次に笑いながら、神は時計に目をやった。

「だいたい、一時間くらいかな」

「じゃあ、あと少しだな！　ああ、長かった～」

これまでの長い道のりを思い出すと、どっと疲れが押し寄せてくる。

深夜二時に東京を出て約七時間。車の免許を持っている神と悠貴が交代で高速を走り、目指したのは遙か西の岡山県だった。

兄弟は今日からその岡山県にある海沿いの市、倉敷《くらしき》で暮らすことになるのだ。

「俺、馴染《なじ》めるかな。東京と岡山じゃ風土が違いすぎるからなぁ」

「大丈夫だろ。お前は能天気で人懐っこいところがあるから、すぐに慣れるよ」

「能天気って、ひっでー」

「ははは。褒《ほ》めてるんだって。それに、お前たちは覚えてないかもしれないけど、昔みんなで住んでた土地なんだから、そう身構える必要もないよ」

「そんなことを言われても、全然覚えてねぇよ」

「――私もー」

零次に同意するように彩佳が手を上げた。

父と母が離婚する前は、家族みんなで母親の実家がある岡山で暮らしていたらしいのだが、残念ながら零次や彩佳たちには、ほとんどその地の思い出は残っていない。唯一、小学生だった神には、おぼろげな記憶があるようだが、幼かった下の兄弟たちにとっては、岡山は初めての地も同じだった。

「なんか、緊張してきた」

「柄にもないこと言うなよ、俺がついてるから何も心配いらないって」

頼りになる長男に言われると、本当に大丈夫な気になってくるから不思議だ。

零次は安堵《あんど》して後部座席に座り直した。

母の死を知ってから一年、岡山への移住という思い切った決断をしたのは、長男の神だった。

母は再婚もせず、一人でこの岡山に住んでいたらしく、身寄りは誰もいなかった。母が住んでいた家は必然的に兄弟に相続権があるため、成人している神が代表してその家を相続したのだ。

最初は、そんな遠い地にある空家の管理はできないので、その家を売ってしまおうということになっていたのだが、どういう心境の変化があったのか、神は母の家を売らずに自分がそこに住むと言い出した。

昔から神にべったりだった弟たちは、兄と離れることを強く拒絶したのだが、兄の決意は揺るがなかった。

しばらく家族で話し合いを続けている間に、商社に勤める父の海外赴任が決まってしまい、偶然にも社宅を明け渡さなければならなくなってしまったので、それならば兄弟全員で岡山に腰を落ち着けてしまおうということになったのだ。

もちろん、子供たちと離れることになった父親は酷《ひど》く寂しがったが、会社を辞めるわけにもいかないので、頼りになる長男を全面的に信用して泣く泣く了承してくれたのだ。

悠貴の高校卒業と、双子の中学卒業に合わせて、それぞれが岡山の学校を受験し、長兄の神も母親が倉敷で経営していたというカフェを引き継ぐために、大学卒業後の一年間、経営を学ぶ学校に通いながら、調理師の免許を取得した。

こうして、各々が岡山で生活していくための目処《めど》をつけたあと、母の死から一年たって晴れてこの地へと越してきたのだ。

兄弟だけで暮らすことには、なんの不安もなかった。父親は仕事が忙しかったので、兄弟は幼い頃からお互いに助け合って逞《たくま》しく生活してきたのだ。五人でいれば、どこに住んでいても同じ。どんなことでも、みんなで乗り越えていける。

それが、兄弟全員の一致した意見だった。

「着いたら起こしてやるから、もう少し寝ていてもいいぞ。酔い止めの薬が効いてて眠たいんだろ?」

「うーん? 今はもうそうでもないから大丈夫だって」

心地いい神の声に思いやりを感じながら、零次は首を横に振った。

零次は酷く乗り物に酔いやすい質《たち》なので、長時間ドライブの際には酔い止め薬が欠かせないのだ。

特に、免許取り立ての悠貴が運転する時は要注意なので、今日は東京を出る前から飲んでいたのだ。薬の副作用で車内では半分以上寝ていたが、あの不快感に苛《さいな》まれるよりはマシだった。

その辺のことを考慮しないで叩き起こした妹は鬼だと思うが、神の言うとおり、海を見せてやりたいという思いやりがあってのことだと理解すれば、腹も立たない。

「本当に大丈夫か？」

心配性な神に零次は頷《うなず》いた。

「大丈夫だって！　寝てばっかりいてももったいないし、これからお世話になる町をじっくりと見ていたいしな！」

まぁ、後部座席の真ん中じゃ景色も見えにくいけど。と少し愚痴《ぐち》をこぼしながら、零次はガラスの向こうの海に心を躍《おど》らせた。

◇

「ほーっ」

感動という感情を隠しもせずに、零次は大きく息を吐いた。

ポカンっと口を開けて見つめる先は、和と洋が混じり合ったレトロな町並みだ。川を挟んで並び立つのは真っ白い壁の土蔵や江戸《えど》時代の町屋《まちや》で、町に点在する街灯は銅と古びたガラスでできている。

まるで明治《めいじ》時代のモダンさをそのままに時が止まったかのようなその場所は、映画のセットの中に迷い込んだ錯覚さえ起こさせる。

倉敷市街地、駅から歩いて十五分ほどの距離にある美観《びかん》地区は、白壁《しらかべ》の町とも言われる岡山県きっての観光地だ。

平日だというのに観光客の数も多く、露天に並ぶ店や、地区の中にある有名な美術館の前には人だかりができていて、とても活気のある町だった。

「本当にこんなところに住んでたのかよ、俺たち」

圧倒されながら、川沿いで揺れている柳の木や蔵屋敷《くらやしき》を眺めていると、横に尊が立った。

「ここじゃないだろ、俺たちの家はもっと外れ」

「わ、わかってるよ」

自分のほうが歳《とし》は上だというのに、弟を見上げなければならないことに屈辱を覚えつつ、零次は地図を見た。

観光地として有名な倉敷川畔《くらしきがわはん》の路地を一つ入れば、古い民家や商家が建ち並んでいる昔の街道筋だ。母の家はそこにあるのだが、川沿いから歩いても近いということで、神が下の三人を美観地区の入り口で降ろしてくれたのだ。

せっかくだから、観光がてらに町を見学してこいという長兄らしい気遣いだった。

「でも、本当にここだけ別世界だよな」

川沿いに佇《たたず》む蔵屋敷。多数建ち並ぶ土産物屋《みやげものや》。昔ながらの格好をした船頭《せんどう》が、ゆったりと川舟を漕《こ》いで観光客を運んでいる姿は、風流でなんとも言えない。川面《かわも》から眺める白壁の景色はさぞ最高だろう。

話では、五月になると瀬戸《せと》の花嫁の川舟流しが見れるらしい。文金高島田《ぶんきんたかしまだ》を結った花嫁が、川舟に乗って川を渡る様はとても美しいに違いない。

「うわっ、これ素敵！」

ガラス工房の前では彩佳が我を忘れてはしゃいでいる。車の中に長時間いたせいで腰も痛いだろうに、そんなことも感じさせないほど妹は元気だ。

美術館に入ったり、土産物屋をひやかしたりしながら一時間ほど散策をしていると、不意に尊のスマホが鳴った。

「はい。……ああ、うん。わかった。大丈夫、地図があるから行ける」

電話の相手と短いやりとりをしたあとに、尊は零次に目をやった。

「神兄さんから」

「神兄から？」

「引っ越し業者のトラックが来たから、そろそろ来いってさ」

「ふぅん……って、なんでお前に連絡が来るんだよ！　ここは、年長の俺に電話をしてくるべきだろう」

「知るかよ、この中じゃ俺が一番しっかりしてるからじゃないの？」

「それって、俺がしっかりしてないみたいじゃないか」

「……まさか、しっかりしてるとでも言いたいのか？」

あからさまに驚いた顔をされて、零次は言い返すことができなくなった。

思えば、天然でがさつで落ち着きがない零次は、幼い頃からなにかと失敗することが多く、兄や弟に何度も迷惑をかけてきた。

だから、頼りない零次よりも、しっかり者の尊のほうに神からの指示が下ることが多いのだ。

しかし、あくまでも兄は尊ではなく零次だ。その自分を差し置いて、弟を立てられるのはなんとなくおもしろくない。

「それでも、俺はお前のお兄ちゃんだからな。あとで神兄に抗議してやる」

「好きにすれば」

兄として、なけなしの矜持《きょうじ》を見せる零次を無視して、尊は雑貨屋で買い物にいそしんでいる彩佳に声をかけた。

「東町《ひがしまち》はこっちだ。はぐれるなよ、二人とも」

「って、だから、お前は誰にものを言ってんだ！」

これ以上、生意気な弟に主導権を握られてはかなわない。

零次は急いで尊から地図を取り上げた。


地図を見ながら辿《たど》り着いた場所は、美観地区の東町というところだった。

賑《にぎ》やかな川畔から一つ二つ路地に入っただけだというのに、打って変わった落ち着いた空気が漂っている。

「こっちもこっちで風情があるな」

古くから倉敷と早島《はやしま》を結ぶ街道筋だった東町は、倉敷川畔よりも先に町になった場所だという。

今も、昔の町屋のような住宅が道を挟んで左右に建ち並んでいるのを見ると、当時の息吹が感じられて、少しだけノスタルジーに浸りたくなる。

川沿いとは違い、観光客の数もまばらで、店舗もポツポツとしかないので、まるで時に忘れられた場所のようだ。

「トラックよ」

道の先に引っ越し業者のトラックを見つけ、彩佳が指をさした。見ると、兄の神が引っ越し業者と立ち話をしている。

「神兄さーん！」

彩佳が手を振ると、こちらに気づいた神が笑顔を見せた。

長兄の神は、兄弟の中でも一番背が高い。学生時代にスポーツで鍛《きた》えた体は、遠目からでもわかるほどスラリとしていて見栄《みば》えがよく、バランスのいい顔に飾られた凜々《りり》しい目元は、特に女性からの評価が高かった。

どこから見ても完璧《かんぺき》な兄は、弟たちの……特に、妹の自慢だった。

「兄さーん！　お待たせー」

「あっ、待てよ彩佳……」

まるで子犬のように兄のもとに駆けていく彩佳を追おうとした時、ふと、零次は何かの視線を感じた。

周囲を見回してみると、思いもかけないことに電信柱の陰《かげ》からひょっこりと長い耳が覗《のぞ》いていた。

「え？　ウサギ？」

目を疑ったが、そこには間違いなく茶色い毛並みをしたウサギがいた。しかも、なぜかウサギは『不思議の国のアリス』よろしく黒いタキシードを身につけている。

「ウ、ウサギだ！　尊、ウサギだ！」

町中で見るには珍しかったので、零次は興奮して弟の服の袖《そで》を引っ張った。

「本当だ。って、なんでタキシードだよ」

尊の声音にはなんの感動も滲《にじ》んでいなかったが、一応タキシードには突っ込みたかったらしい。

ウサギは電信柱から顔を出して、しばらく零次を見ていたが、やがてプイッとそっぽを向いて走り出した。

丸いお尻をぴょこんぴょこんさせて走る後ろ姿がかわいすぎて、零次は思わずあとを追った。

「何をやってるんだ零次」

トラックの前までウサギを追ってくると、神が声をかけてきた。

「ウサギだよ、神兄！」

零次がウサギを指さすと、ウサギはちらりと兄弟を見て、目の前の店に入っていった。

「……ああ」

用もないのに店まで入っていくわけにはいかず、零次はウサギが消えた建物を見上げた。

そこは、古い町屋づくりの小さな店だった。格子《こうし》窓から中を覗いてみたが何も見えない。

軒下《のきした》に掲げられた大きな看板には、達筆な筆書きで『枳殻《からたち》童話専門店』と書かれている。

「……○○《まるまる》童話専門店……。なんて読むんだ？」

「——からたち童話専門店。少しはお勉強しましょうね」

皮肉たっぷりな声で言いながら、零次の肩に手を置いたのは次兄の悠貴だった。

東京にいた頃は、モデルの仕事をしていたこともある次兄は、兄弟たちの中では一番派手で華やかだ。顔立ちはどちらかというと女顔だが、性格は男らしくて目つきは鋭い。

短気なので怒らせると怖いのだが、見かけによらず頭も良く、将来は医者を目指すほどの秀才なので、零次はいつも悠貴に勉強を教えてもらっているのだ。

「からたち童話専門店……？　童話だけを売ってるのかな？」

「そうなんじゃねぇの？　これからお向かいさんだ。迷惑をかけないようにしろよ」

「え？」

　言われてみれば、トラックは枳殻童話専門店の前に止められている。つまり、細い道を挟んで店の正面に建つ一軒家こそ、零次たち兄弟が今日から住む家なのだ。

　母の実家だというそこは、例にもれず古びた二階建ての町屋だった。玄関は格子にガラスをはめた引き戸という、若干セキュリティに不安がある物件ではあったが、趣《おもむき》だけは充分に感じられる立派な家だった。

　自宅と棟続きになっている隣は、小さなカフェになっている。母が経営していたカフェなのだろう。覗いてみると、こぢんまりとした店だった。お客も十人ほどしか入りそうにない。

　カウンターの向こうにはカップやコーヒーメーカーなどがきっちりと並んでいて、店内も磨き上げられているので綺麗だ。だが、煉瓦《れんが》色のタイルの床や壁のせいで、どことなく昭和《しょうわ》のにおいが漂う店だった。カフェというよりは昔ながらの喫茶店《きっさてん》に近い感じがする。

「ここ、改装するんだよな？」

「そうだな」

神の答えに零次はホッとした。せっかく観光地にある店なのだから、もう少しオシャレにして、お客さんを呼び込める店にするべきだ。

神が経営に乗り出すのなら、なおさら雰囲気のいい店にしてほしかった。

（ここが、神兄の店になるんだな……）

零次は少しだけ複雑な気持ちで店に立つ兄を見つめた。

視線に気がついた神が、目尻を下げてどうかしたのかと聞いてくる。

「な、なんでもない。なんだかいろいろと目新しくてさ。家も店も」

慌《あわ》てて首を横に振ると、神が笑った。

「そうか？　住んでいるうちに、珍しくもなんともなくなるさ」

店を出ていく兄の背中を見送りながら、零次は本当に問いたかったことを飲み込んだ。

実は、ずっと気になっていたのだ。神は学生時代にバスケットボール選手として活躍していて、その実力は相当なものだった。実業団から声がかかったこともあるくらいだ。東京の有名な大学の法学部も出ているので、進む道は他にもいろいろとあったはずなのに、なぜカフェのオーナーというまったく畑違いの道を選んだのだろうか。

この店を守るためだったのはわかるが、それだけで自分の歩もうとしていた道を変えられるものなのだろうか。

零次には、カフェのオーナーになることが兄の夢だったとはどうしても思えなかった。いっそ、聞いてしまえれば楽なのだが、この店を継ぐために本気でがんばっている兄の努力に水をさすようで、どうしても聞けなかった。

「零次、いつまでも店を見てないで、荷物を中に入れろよ」

「わ、わかった」

神の声が外から響いて、零次は返事をしながら急いで店を飛び出した。

テキパキとトラックから荷物を運び出していく引っ越し業者の人にならって、零次は自分の荷物を入れた箱を荷台から持ち出した。

「俺の部屋はどこ？」

「二階の一番奥。階段が急だから転ばないようにしろよ」

まるで子供にするような注意を神から受けながら、零次ははりきって玄関に飛び込んだ。

玄関の中に一歩入ると、土間になっていて、少々高めの上がり框《がまち》には木目の綺麗な桧《ひのき》材が使用されていた。

上がるとすぐに客間や居間が並んでいて、風情ある縁側越しには小さな庭と、白い壁の蔵が見えた。

いろんな部屋に置きっぱなしにされている家具は、埃《ほこり》っぽくはあるものの整然と並べられていた。生前、ここで生活していた母はずいぶんとこの家を大事にしていたのか、古い中にも清潔感が漂ういい家だった。

東京にいた頃は手狭な社宅のマンションに六人で暮らしていたので、広い一軒家はそれだけで住み心地がよさそうに見える。

零次はワクワクしながら二階に上がった。神が言うとおり、階段は急な作りになっているので、用心しないと滑りこけるというのは、あながち間違ってもいなさそうだ。

二階の一番奥の部屋に入ると、そこはいたって普通の六畳間だった。畳《たたみ》が新鮮に感じられたが、他は特筆することはない。だが、社宅暮らしだった時はずっと尊と同じ部屋だったので、自分の部屋だというだけで城のように感じられた。

「零兄さーん」

感動に浸っていると、階段を上がってくる彩佳の声が聞こえた。

「神兄さんが、とりあえず窓を全部開けて空気の入れ換えをしろってー」

「わかった」

言いながら入ってきた妹に返事をして、零次は南にある窓を開け放った。

窓の外を見ると、例の童話専門店の看板が正面に見えた。どうやら、零次の部屋は通りに面しているようだ。

これから窓を開けるたびにこの達筆の看板を目にするのかと思うと、妙な気分だった。

「あ……っ」

ふと、目線を下ろした零次は、小さく声をあげた。

あのタキシード姿のウサギが、童話専門店から出てきたのだ。

「彩佳、見てみろよ。あのウサギがいるぜ」

零次の部屋を眺めていた彩佳を手招きすると、妹は素直に近づいてきた。

トラックの周りをウロチョロしているウサギに、彩佳も目を丸くする。

「本当にタキシードを着てる。かわいいじゃない！」

「だろ？　なんなんだろうな、あのウサギ」

兄妹《きょうだい》でウサギに釘付《くぎづ》けになっていると、不意に童話専門店の戸が開いた。

中から出てきたのは、長身で細身の青年だった。青年はウサギを抱き上げると、目の前のトラックを不思議そうに見つめたあと、何かに引かれるようにこちらを見上げた。

青年と目があった瞬間、零次と彩佳は言葉を失った。

柔和《にゅうわ》な光を湛《たた》える目元は驚くほど清涼感に溢《あふ》れている。口角の上がった唇は少しだけ赤いが、女性的な雰囲気があるわけでもなく、どちらかというと男性的な色気のほうが勝っていた。

襟元《えりもと》で無造作に切られた黒髪は、サラサラと日に輝いていて、青年の美貌《びぼう》を彩るように揺れている。

本当に、人間離れした美しさだった。

「こんにちは」

不躾《ぶしつけ》に自分を見つめている高校生たちに、青年はふんわりと笑みを作った。

その笑顔が吸い込まれるほどに柔らかくて、零次は返事も忘れて青年に見入ってしまった。

「ひょっとして君たちは……」

落ち着いた低い声音で呟《つぶや》いて、青年はしばらく何事か考え込んでいたが、やがて彩佳を見て目を細めた。

「彩佳ちゃん？」

「え？」

名を当てられて、彩佳はすっとんきょうな声をあげた。妹と一緒に零次が驚いていると、青年は再び口を開いた。

「じゃあ、君は零次君だ」

「え……っ」

花が開いたのかと錯覚するほどの満開の笑みを向けられて、零次が動揺したその時、ピシャン！　と大きな音を立てて、窓が閉まった。

突然のことに絶句して妹を見ると、妹は肩で息をしながら、ブツブツと何事か呟いた。

「やばいわ。やばいわ……」

「……やばいって……お前、なんて失礼なことをしてんだよ！」

「だって、あの笑顔はまずいでしょう！」

「まずいって何が！」

「だって、だって……っ！　魂《たましい》をとられたらどうするの！」

「魂って……何をわけのわからないことを……」

本気で言ってるのかと啞然《あぜん》としていると、妹の頬はみるみると赤らんでいった。熱くなった頬を押さえて、彩佳はしきりに危険だわ、危険だわと連呼している。

零次は脱力して首を横に振った。

「つまり、めちゃくちゃタイプだったんだな……」

「タ、タイプって違うわよ！　私は神兄さん一筋なんだからーっ！」

行きすぎたブラコン発言をかまして、彩佳は部屋を飛び出していった。

「……なにから突っ込んでいいのやら……」

純情すぎる彩佳の奇行に呆《あき》れ果てて、零次は妹が無事に嫁にいけるのかどうか本気で心配になった。これも、男所帯で甘やかして育てられたせいなのだろうか。

（でも、なんで俺たちの名前を知ってたんだろう）

あの不思議な青年に、妹の失礼な態度を詫《わ》びようと思ったが、窓の外に彼の姿はなかった。店に戻ってしまったのだろう。向かいの店の彼とは嫌でも近所付き合いをしなくてはならないのに、妹のせいで最悪の出だしになってしまった。

これから先が思いやられて、零次は深いため息をついた。

◇

荷物をすべて運び終わり、家の掃除もあらかた済ませたあと、ご近所への挨拶《あいさつ》回りをするために、神が兄弟たちを呼び集めた。

菓子折を持って、表札に『冠西《かんさい》』と書かれている右隣の家のチャイムを鳴らすと、中からふくよかな体型の女性が出てきた。

女性は兄弟たちの顔を見るなり頬を染めて、人の好《よ》さそうな目に涙を浮かべた。

「まぁまぁ。こんなに若い子が五人も！　みんなかわいくて、アイドルグループみたいじゃなぁ！　頼《より》ちゃんの息子さんなんじゃろ？　おばちゃんのことを覚えとるかな？　みんなが小さい頃に、よう世話してあげたんよ。冠西のおばちゃんって言ってみんな懐いてくれとって。こんに小さかったのに大きゅうなったなぁ。頼ちゃんが亡くなってしもうて残念じゃったけど、みんなが帰ってきてくれて、おばちゃんほんまに嬉《うれ》しいわ」

兄弟の母親のことを『頼ちゃん』と呼ぶお隣のおばさんは、五人の幼い頃をよく覚えているらしく、一方的に昔話をまくし立て始めた。

よほど母親と仲が良かったのか、おばさんはとても喜んでくれているが、残念ながら零次たちには記憶がほとんどないので、適当に相槌《あいづち》を打つしかない。

尽きることのない思い出話を愛想笑いで聞いていると、冠西のおばちゃんは急に二階に向かって声を張りあげた。

「弘都《ひろと》！　弘都ー！　あんた、ちょっと下りといでぇ」

「はぁ？」

大きな声で名を呼ばれて、二階から高校生くらいの少年が下りてきた。

なぜか上半身裸《はだか》で現れた少年は、女の子の彩佳を見て、慌てて手にしていたシャツを着込んだ。

「母ちゃん、人がおるならおるで、ちゃんと言えや！」

「あんたがだらしない格好をしとるんが悪いんじゃろ」

母親に一蹴《いっしゅう》されて、少年はきまりが悪そうに唇をすぼめた。

少年の体は適度に日に焼けていて筋肉質だ。若々しいハリのある顔は健康的で、なにかのスポーツ選手のようにも見えた。赤く染められた髪が、どことなく田舎《いなか》のヤンキーのようだったが、目はおばさんによく似て人のよさそうな色を湛えている。

「お隣に引っ越してきた、頼ちゃんの息子さんたちじゃが」

「隣？」

面倒くさそうに答えていた弘都は、兄弟たちの顔を改めて見ると、大きく目を見開いた。

「うお！　アイドルグループみてぇじゃな！」

さすがに親子だ。おばちゃんと同じ感想を口走る弘都に、零次は思わず噴き出してしまった。

さすがに、アイドルグループはないだろう。

「あんた、覚えてないん？　同い年の零ちゃんじゃが」

突然、話題が自分に向いて、零次は戸惑った。

おばさんが言うには、弘都と零次は同じ歳らしく、昔はよく一緒に遊んでいたらしい。

「そんなん言われても、覚えとらんし」

少し照れくさそうに言った弘都に、零次も頷いた。

「俺も、覚えてないな」

「まぁ、ほんまに？　あんたら小さい頃は犬っころみたいに転げまわって一緒に遊んどったんよ」

残念そうに眉を寄せるおばさんに、零次と弘都は顔を見合わせて困ったように笑いあった。

なんだろう。このこそばゆい感じは。記憶などほとんどないのに、そう言われるとなんとなく懐かしく感じるから不思議だ。

しばらくおばちゃんの話に付き合ったあと、神はさりげなく時計に目をやった。

「もう、こんな時間か……じゃあ、冠西さん。俺たちはこれで……」

終始おばさんに圧倒されっぱなしだった兄弟を代表して、神が暇《いとま》を告げると、おばさんは残念そうに頷いた。

「これからご近所回りじゃろ？　大変じゃけどがんばってな。ここの人たちはええ人たちばかりじゃけぇ、大丈夫じゃで。特にお向かいのほっこりさんなんて、同年代の若い子が増えて喜んでくれるわ」

「ほっこりさん？」

聞きなれない呼び名に引っかかって、零次が問い返すと、弘都が答えてくれた。

「枳殻童話専門店の店主さんじゃ。癒《い》やし系オーラが半端のうて、あの人と話すとみんながほっこりするけぇ、ほっこりさんって呼ばれとるんじゃ」

零次は向かいの店から出てきた青年の顔を思い出した。確かに、あの笑顔は半端なく癒やし系だった。

「でも、ほっこりって最近じゃ和《なご》むとかって意味が強いけど、京都のほうじゃ疲れたって意味じゃなかったか？」

博識の悠貴が口をはさむと、弘都は目を瞬いた。

「そうなんか？　まぁ、細かいことはええんじゃ。とにかく、あの人と話すと心が緩《ゆる》くなるんじゃ。不思議な人じゃで」

大らかに悠貴を受け流して、弘都は声をあげて笑った。

そこまで絶賛されるほっこりさんとやらがますます気になり、零次は早くあの童話専門店に行ってみたくなった。

切りのいいところで冠西家を出た兄弟は、急いで枳殻童話専門店に向かった。周囲はすっかり夕暮れの色に染まっているので、下手《へた》をすると店が閉まってしまうかもしれない。せめて両隣と向かいにだけは今日中に挨拶を済ませておきたかった。

「すみません」

神が枳殻童話専門店の戸を開くと、ガラスの小鳥をあしらったかわいらしいドアチャイムがキラキラと美しい音色を鳴らした。

「……っ！」

こぢんまりとした店の中に足を踏み入れた瞬間、兄弟たちは言葉を失った。そこは、外の世界とは一線を画した、メルヘン溢れる異空間だったのだ。

店に並べられた棚には、カラフルな表紙の絵本や童話がぎっしりと詰まっている。その本の隙間《すきま》を埋めるようにして飾られているのは、ぬいぐるみや人形たちだ。世界の民族衣装を着た男女の人形に、動物のぬいぐるみ。アリスや白雪姫など、有名な童話の主人公たちもいる。

人が通るはずの通路には、線路の模型がつながれていて、おもちゃの機関車が店中を走り抜けていた。壁沿いに並んだ棚の上には、中世のお城や、洋館などの模型が存在を主張するように置かれていて、その中でもガラスでできた氷の洋城が一番目を引いた。

「……まるで玩具箱《おもちゃ》だ」

天井に浮いているたくさんの動物型のバルーンを眺めて、零次は呟く。

童話専門店というからには、それなりに子供受けがよさそうな店舗だろうと思っていたが、ここまで不思議な世界が構築されているとは思っていなかった。

とりあえず店主を探そうと店の奥に入ってみると、本棚の陰からタキシードを着たあのウサギが顔を出した。

「あっ、アリスのウサギ!」

彩佳が声をあげると、ウサギはピュッとカウンターの奥に引っ込んでしまった。

「また逃げられたわ」

「——アリスのウサギじゃないよ」

不意に、声がかかったのはその時だった。

ウサギを抱いてカウンターから顔を出したのは、昼間に見たあの青年だった。

青年はカウンターの下で本の整理でもしていたのだろうか。そこに人がいたなんて、零次はちっとも気がつかなかった。

「この子の名前は兎三郎《うさぶろう》。はぐれウサギなんだ」

面食《めんく》らっている五人に微笑を浮かべて、青年はウサギの頭を撫《な》でる。

「は、はぐれウサギ?」

「そう。かわいそうに、ご主人様とはぐれちゃったらしくてね。縁《えん》あって、俺と同居してるんだよ」

「同居ですか……」

ウサギを飼っているではなく、同居と表現した青年に、零次は奇妙な感覚を覚えた。

五人がリアクションに困っていると、青年は目元を緩めた。

「いらっしゃい。枳殻童話専門店にようこそ」

「あ、こんにちは……俺たちは向かいに越してきた初瀬というものです。今日はご挨拶に……」

我に返ったかのように菓子折を差し出した神を、青年はなぜかじっと見つめた。

「変わってないね、神。昔から背が高かったけど、ますます大きくなったよね」

「……え？」

神が動きを止めると、青年はニコニコと笑って自分を指さした。

「俺のことを覚えてない？」

「……」

「枳殻九十九《つくも》だよ」

「……からたち……つくも……？」

ハッと、神の目が見開いた。同時に持っていた菓子折が床に落ちる。

「まさか……っ！」

落ちた菓子折を拾いもせずに、神は愕然《がくぜん》とした表情であとずさった。片手を額に当てて、硬直してしまったように動かなくなった神に零次は驚く。

「だ、大丈夫かよ神兄」

いったい何がどうしたのかわからずに、慌てて兄の腕を掴《つか》むと、神はじっと零次の顔を見つめた。

「いや……なんでもない」

そう言いつつも、なぜか神は零次を自分の後ろに回した。まるで九十九から隠されたように感じ、零次は不審げに兄を見上げる。神は、とても怖い顔で九十九を睨んでいた。

「お前、あの九十九なのか……?」

「あのってなんだよ。やっと思い出してくれた? 久しぶりだねぇ」

青年はゆったりと喋《しゃべ》りながら、ウサギを床に下ろして菓子折を拾う。仕草もいちいちのんびりしているが、それがこの青年のテンポなのだろうか。

「俺はすぐにわかったけど、神はすっかり忘れていたみたいだね。薄情だな」

「本当に、なんで俺はお前のことを忘れてたんだ……! ありえないだろう……!」

やんわりとした青年の声とは反対に、神の声は厳しい。なぜだか、兄のほうは再会を喜んでいないようだ。

「神兄、誰なんだよ。この人？」

気になって零次が尋《たず》ねると、神は蘇《よみがえ》ってきた記憶を辿るように青年を紹介してくれた。

「こいつの名は枳殻九十九。昔からうちの向かいに住んでた奴《やつ》だ。俺と同じ歳で小学校も一緒だった」

「そう、クラスも一緒。いわゆる幼なじみです」

ああ、だから自分や彩佳のことがわかったのかと納得していると、九十九が零次を覗き込んできた。

「さっきはどうも。零次君」

「あっ、はい。こ、こちらこそ……」

昼間のことを謝ろうとすると、尊の後ろに隠れていた彩佳がいきなり声をあげた。

「こんにちは九十九さん！　お、お昼は失礼なことをしちゃってごめんなさい！」

「……」

「私、恥ずかしがり屋で……あの時は、う、うまくお返事ができなくて……。本当にごめんなさい！」

「はい」

顔面を真っ赤にしながら謝る彩佳に、九十九は柔らかな笑みで答えた。優しい瞳が自分だけに注がれたのが恥ずかしかったのか、彩佳はますます頬を赤くして俯《うつむ》いてしまった。

(……なにが恥ずかしがり屋だよ)

うまいこと誤魔化《ごまか》したなと、零次は肩をすくめた。

昼間はタイプじゃないとか言って否定していたが、妹はすでに九十九にメロメロだ。脱ブラコンができて喜ばしい限りだが、九十九は彩佳には高嶺《たかね》の花に思えた。

神と学年が一緒ということは、二十二、三歳くらいなのだろう。彩佳とは七つほども離れている大人の男だ。それに……

(これだけイケメンなら、さぞかし女の子にモテるんだろうなぁ)

改めて見ても青年の美貌には驚かされる。整った顔もそうなのだが、纏《まと》う空気が人間離れした和やかさで、マイナスイオンさえ漂っていそうだ。

彼が『ほっこりさん』と呼ばれているのもわかる気がした。

「あの……」

九十九に興味を持った零次が、あれこれ質問をぶつけようとすると、それを遮《さえぎ》るように神が割って入った。

「……もう行くぞ」

「え?」

なぜか、さっさと店を出ていこうとする神に、弟たちは首を傾げた。

「どうしたんだよ、神兄」

「いいから行くぞ」

「で、でも……」

冠西家では長居を厭《いと》わなかった神が、早々に店を立ち去ってしまったので、零次は兄弟たちと顔を見合わせた。いったい、どうしたというのだろう。

「ああ、お兄ちゃんは行っちゃったねぇ」

残念そうに肩を落とす九十九に、あとを追わなくていいのかと言われて、弟たちはしかたなく神を追いかけた。

「お、お邪魔しました！」

店を出る直前に零次が振り返ると、九十九は微笑を湛えながら手を振ってくれた。

「またね」

そう言う彼の声があまりにも穏やかに響いて、零次はまさしくほっこりとした気分で笑い返した。

第二頁

蔵と豆

岡山に引っ越してきてから、一週間が過ぎようとしていた。

春休み中は転校先に気を遣うこともないので、町に慣れる時間はたくさんあった。隣の弘都《ひろと》ともすっかり打ち解け、離れていた間の分を取り戻すかのように、よく遊ぶようになった。思った通り弘都はとてもいい奴《やつ》で、零次《れいじ》の知らないことをたくさん教えてくれるのでありがたい存在だった。

町のことも零次はとても気に入っていた。ここは地方のよさと賑《にぎ》やかな市街地の空気が適度に混じり合っていて、住んでみると居心地もいい。

この一週間、弘都や町の空気のおかげで、それなりに充実した日々を過ごせているのだが、零次には一つだけどうしても気になることがあった。

「今日も開いてるんだろうな……」

時刻は深夜一時。零次は部屋のベッドの上で、まんじりともしない時を過ごしていた。

いったん寝ようとして布団《ふとん》に入ったが、なぜか寝つけずにいる。零次はしかたなく起きあがって窓の外を見た。

この辺りは街灯も少ないので、家の周りは真っ暗になってしまうのだが、窓の向こうは不自然なほどこうこうと明かりが灯《とも》っていた。

闇《やみ》の中で、枳殻《からたち》童話専門店から漏れている明かりだけが、家の前の道をうっすらと照らしている。この店は、なぜか深夜でも営業をしているのだ。

最初は、こんな時間にお客なんかが来るのかと思っていたが、驚くことに店からは毎晩のように複数の客の声が聞こえてきていた。零次が心配するまでもなく、店は繁盛しているようだ。

「昼は閑古鳥《かんこどり》なのに……」

この店は、昼間は観光客も素通りするほど客の入りが悪い。わざわざ観光地にまで来て童話をお土産《みやげ》に買っていく人も少ないからだ。

時たま地元民らしき親子連れが絵本を求めてやっては来ているが、それもまばらだった。なぜ深夜のほうが繁盛しているのかわからず、零次は何度も首をひねったものだ。

「変な店……」

思えば、長兄の神《じん》もあの店に対しては妙に敏感になっている節《ふし》があった。

一週間前の挨拶《あいさつ》回りのあとには『九十九《つくも》の存在を忘れていた自分が信じられない。倉敷《くらしき》に帰ってくるべきじゃなかった』などと口走り、弟たちにはなるべく店には近づかないようにとお達しまで下したのだ。

滅多に人を避けるようなことを言う人ではないので、弟たちは大いに不審に思ったが、基本的に長兄の言うことには従っているので、零次たちはなるべく店には寄りつかないようにしていた。

しかし、そうは言っても相手はお向かいさんだ。意図《いと》せずとも九十九とはよく顔を合わせた。

道で会っても窓越しに会っても、玄関先で見かけても、九十九はいつもふんわりと笑って挨拶をしてくれる。

それが相変わらずの癒《い》やし効果なので避けるのも悪い気がして、零次は元気に挨拶を返していた。

時々会話も交わすようになり、九十九という人が悪い人ではないということがわかってくると、零次は店から出てくる彼に、わざわざ窓を開けて声をかけるようになっていた。

神は店には近づくなと言っていたから、九十九本人に接触するくらいなら別にいいのではないかと思ったのだ。

「……もう寝よ」

気がつくと、時計の針は深夜二時を回っていた。

いつまでも店の明かりを眺めていてもしょうがないので、零次はベッドに戻ろうとしたが、不意に窓に水滴が張りついたのを見て足を止めた。

「雨？」

水滴は数を増し、徐々に勢いを増している。

（そういえば、三日前にも雨が降ってたんだよな）

朝から降り出した雨は、深夜になってもやんではいなかった。降りしきる雨の中でも店は繁盛していたので、素直に凄《すご》いと思ったものだ。

（雨っていえば……）

三日前、零次はもう一つ不思議なものを見たことを思い出した。

それは店に入る奇妙な客の姿だ。雨の中、一人の男が傘も差さずに現れて、ずぶ濡《ぬ》れのまま店の中に入っていったのだ。

暗くて顔はよく見えなかったが、Tシャツにジーンズ姿の若い男だった。

なんで傘を差していなかったのかわからないが、あの男は帰りも濡れたままだったのだろうか。

そんなことを思いながら店を見下ろしていると、零次は信じられないものを目にした。いつの間に現れたのか、一人の男が店の前に佇《たたず》んでいたのだ。

「え？　ええ？」

思わず身を乗り出して、零次は声をあげる。

さっきまで誰もいなかったはずなのに、どういうことだ。

店の前に立つ男は、ジーンズにTシャツ姿で雨に打たれている。ぽたぽたと髪から滴《したた》る雫《しずく》が妙に不気味で、零次は喉《のど》を鳴らした。

あの男には見覚えがある。三日前に雨の中でびしょ濡れになっていた男と同じ人物だ。

（え？　俺、ひょっとしてまずいものを見てる？）

背中に寒気が走った。

あの時は単に酔狂《すいきょう》な客だと思っていたが、二度も雨の日にびしょ濡れのまま店に現れるなんて、どう考えてもおかしい。

子供の頃に入ったお化け屋敷が脳裏《のうり》をよぎった時点で、正体がなんであれ、零次の頭の中で彼は人ではなくなってしまった。

窓の前で固まっていると、男は店の戸に手を掛けた。その瞬間、視線を感じたのか男が零次のほうを振り向いた。

「――っ！」

男はしばらく零次を見つめていたが、何を思ったか細い糸目を見開いてニィッと笑った。

「う、うわあああああ！」

零次は枕を摑んで弾《はじ》かれたように駆け出した。そのまま階段を下りて一階の神の部屋に飛び込むと、眠っている兄の布団に許可も取らずに潜り込む。

「な、なんだ？」

仰天《ぎょうてん》して飛び起きた神は、突然の襲撃にパニックになっていたが、布団から顔を出した零次を見て深く息を吐いた。

「れ、零次か……。なにをやってるんだ、お前。びっくりするだろう」

「じ、じ、神兄……み、見た……見た！」

「……？」

零次は布団の中でガタガタと震えて神の腕を摑む。温かい人の体温が今は本当にありがたかった。

「む、むかい……み、み、店、び、び、びしょ濡れの……」

「見たのか……」

妙に落ち着いた声で神が言った。

零次は顔を上げて兄を凝視する。神は困ったような表情を浮かべていた。

「だから、あの店には近づくなって言っただろ」

「見たって、な、なんのことか、わ、わかってるのかよ」

「だいたいな」

「な、な、な」

口をパクパクさせる弟を哀《あわ》れに思ったのか、神は背中をさすってくれた。

「忘れろ」

「忘れろって、なんだよそれ。あの店はなんだよ、神兄は何を知ってるんだよ」

「何も知らないよ。いいから、もう寝なさい。眠ったらすべて夢だったたって思えるから」

「そんなわけないだろ！　俺はこの目で……」

「見間違いだ」

神は問答無用で言い放ち、布団に潜り込んでしまった。

「まったく、この歳《とし》にまでなって弟と一緒に寝ることになるとは思わなかったよ」

神は呆《あき》れていたが、弟を追い出そうとはしなかった。

零次は、あの幽霊のことを取り合ってくれない兄に不満を感じたが、それ以上追究することができずに布団を目深《まぶか》に被る。目を閉じたらあの男の顔が浮かんで怖くなったので、さりげなく神にくっついた。

「神兄、やっぱり寝れないよ」

「……」

神はしかたがなさそうに起き上がると、電気をつけた。

「お前の怖がりは筋金入りだな……」

そう言われて、零次は急に恥ずかしくなった。いい歳をして、兄に迷惑をかけてなにをやっているのだと我ながら呆れたが、なにせ幽霊やお化けといったいわゆるホラー系のものが心底苦手なのだからしかたがない。

これも幼い頃に、いたずら好きの次兄にしょっちゅうお化け屋敷に放り込まれていたせいだ。

「小さい頃はそうでもなかったんだがなぁ」

「え？」

神の呟《つぶや》きに、零次は目を瞬《またた》いた。小さい頃とはいつのことなのだろう。自慢じゃないが、零次は物心ついた頃から心霊番組も見られないほどの怖がりだったはずだ。

何歳ぐらいの話なのか聞こうとすると、神は真剣な顔で両腕を組んだ。

「やっぱり、ここに帰ってくるべきじゃなかったな……」

呟いたあと、神の顔がみるみる苦渋に満ちだしたので、零次はギョッとして布団を撥《は》ね飛ばした。

「な、なに？　どうしたんだよ？」

「いや……あいつの顔を思い出したら、気分が悪くなってきた」

「あいつって……？」

ひょっとして、九十九のことだろうか。

「だいたい、俺はどうしてあいつのことを忘れていたんだ。おかしいだろう。あいつのことを覚えていたら、絶対にここには帰ってこなかったのに」

独り言に近い声で、神はブツブツと言っている。どうして神がそんなことを言うのかわからず、零次は戸惑うばかりだ。

「今さらそんなことを言ってもしょうがないだろ。思い出したくないほど嫌な相手だったなら、記憶の奥底に封じこめてたんじゃないの？」

「だからといって、俺があいつを忘れるか？　あの九十九を！　あいつの記憶があったら、お前たちを連れてきたりなんかしなかったのに」

「いや、そんなことを言われても……ってか、神兄にとって九十九さんってどれだけ鬼門なんだよ」

「せめて、お前たちを父さんに任せておけばこんなことには……」

「な、なにを言ってるんだよ！」

神がとんでもないことを言い出したので、零次は慌《あわ》てた。

「俺たちはずっと一緒だろ！　たとえ神兄が俺らを父さんのところに行かせようとしたって、ムダだからな。どんな手を使ってもここに居座ってやる！」

「……零次」

「俺たちは神兄と一緒にいたいんだよ。九十九さんが何者か知らないけど、そんなの関係ないじゃん！　どんなことがあったって、俺たち五人でいれば怖いものなんてないよ！」

兄への思いを必死に訴えたが、それでも神が難しい顔を崩さないので、零次は不安に襲われた。兄は本気で弟たちを連れてきたことを後悔しているのだ。

「ひょっとして、九十九さんのことなんか関係ないんじゃないのか？」

「――――？」

「神兄は俺たちがくっついてきたのが重荷になってるんじゃないのかよ」

「なにを言ってるんだ。冗談でもそんなことを言うと怒るぞ」

神の声が一段と低くなったので、零次は顔を強張《こわば》らせた。本気で兄を怒らせてしまったのだ。

「だって、神兄は長男だから余計な責任とかも感じてそうだし……」

わずかに、神の目が見開いた。零次はぎゅっと布団を握りしめる。

「神兄は、俺たちのために夢を諦《あきら》めたんじゃないのかよ？」

「え？」

兄は、弟たちを連れて岡山に移住するにあたって、早く自立できる道を選んだのではないだろうか。金銭的には父のフォローがあるとしても、しっかりと自分の足で立って弟たちを守れるように、自分の行こうとしていた道を曲げて、地に足がついた決断をしたのではないのだろうか。そうだとしたら辛《つら》すぎる。

「バスケのことだってそうだよ。神兄の実力ならプロ選手にだってなれたのに」

「お前、そんなことを考えてたのか」

零次が自分の思いを吐露《とろ》すると、神は驚いて相好《そうごう》を崩した。

「本当にバカだな。難しいことを考えるのが苦手なくせに、よけいな心配をしてるんじゃないよ」

神は優しい眼差《まなざ》しで零次の鼻を摘《つま》んだ。

「両親が離婚してからは、父さんが仕事で忙しくて、お前たちの面倒はほとんど俺が見てきただろ？」

「うん」

「お前たちのために料理とかするのは嫌いじゃなかったから、自分の店を持つのも悪くないかなって昔から思ってたんだ。だから、今回のことは渡りに船だったんだよ。バスケにしても、俺は元々プロを目指していたわけじゃないし、まぁ、好きではあったが、それで身を立てようとするほどの熱意があったわけじゃない。けっしてお前たちのために夢を諦めたんじゃないんだよ」

「本当か？」

疑わしそうな目を向ける零次に、神は観念したように肩をすくめた。

「ああ、本当だよ。実を言うとな、岡山に行くと決めた時、俺は最初から、どうにかしてお前たちを連れていけないかと考えてたんだ。離れてしまったら、いろいろと心配で何も手につかないだろうし、お前たちが側にいてくれないとダメなのは俺のほうだからな。父さんと一緒に海外へ行かせるなんて冗談じゃないと思ってた。……まぁ、九十九のことは計算外だったが」

「なんだよ、それ。ブラコンだな。神兄」

つい零次が噴き出すと、神も笑って頷《うなず》いた。

「そうだよ。気がつかなかったのか？」

神の本音を聞いて、零次は安堵《あんど》した。ずっと喉に引っかかっていた小骨が取れたような気分だった。

「だったらさ、もう九十九さんのことはいいだろ。神兄とあの人がどういう関係か知らないけど、あの人がいるこの町が俺たちの住む町なんだからさ。それに、昔はともかく、あの人、本当にいい人だよ？」

本音で九十九のことをフォローすると、神は微妙に眉を下げた。

「知ってるよ。でも、それじゃ割り切れないこともあるんだよ……」

神は複雑な眼差しを窓へと向けた。カーテンに隠れていて見えないが、窓の外には枳殻童話専門店がある。神の目はその店を見ているような気がする。

うっすらだが、カーテンの隙間《すきま》から覗《のぞ》く窓が明るくなっていた。もう、夜明けなのだろう。神は思いを断ち切るように立ち上がって、部屋の電気を消した。

「寝るのか？」

「ああ。朝まであんまり時間がないが、無理やりにでも寝ておかないと体がもたないぞ」

「え？」

「明日は尊《みこと》と一緒に蔵の掃除をしてもらうからな」

「えーっ！」

容赦《ようしゃ》なく現実に引き戻され、零次は明日の重労働を思って悲鳴をあげた。

「なんで急に。蔵の掃除なんて面倒くさいだろ！　明日は弘都と遊ぶ約束をしてるし！」

ショックを受ける零次を、神は強引に布団に押し込めた。

「家の片づけや整理はまだ終わってないんだから当然だろ。春休み中に終わらせたいしな」

「だからって、なんで俺と尊が……」

「お兄ちゃんたちはいろいろと忙しいんだよ。はい、おやすみ」

問答無用と神が寝る体勢に入ってしまったので、零次は小声で文句を言い続けた。

暗くなると、さっき見たびしょ濡れ男のことを思い出して少しだけ怖かったが、それよりも、せっかくの休みが一日潰れることのほうが一大事だった。

「弘都に断らなきゃならないじゃん。学生にとっては貴重な春休みなんだぞ」

「……」

「なぁ、神兄ー。聞いてる？」

「うるさい」

「……むっ」

何を言っても聞いてくれなさそうだったので、零次は明日に備えてさっさと眠ることにした。

びしょ濡れ男のことや、向かいの店のことなど、神にいろいろと誤魔化《ごまか》されていることはわかっていたが、うまく丸め込まれてしまうのは弟としての性《さが》なのだろう。

神のおかげで少しだけ緩和《かんわ》された恐怖を頭から振り払い、零次はギュッと目を閉じた。

◇

「なにやってんの？」

熟睡していたところを弟の声に起こされて、零次は目を開いた。

ぼんやりとした視界にドン引きした尊の顔が映る。もう朝なのか、部屋の中はすっかり明るくなっていた。

「んあ？　尊……おはよう」

「おはようじゃないだろ。いい歳して、なにやってんだ、あんた……」

「なにって……まぁ、ちょっと事情が……」

兄の布団に潜り込んでいたことを弟が問題視してることはわかったが、まさか昨日は幽霊を見て怖かったので、兄ちゃんと一緒に寝ましたとは言えず、零次は笑って誤魔化した。

「神兄は？」

神の姿はどこにもなかった。いつの間に起きたのだろうか。

「とっくに出かけたけど？」

「あ、そう……」

改めて考えると、自分はとんでもない失態を犯してしまったものだ。高校生にもなって兄の布団に潜り込むなんて、尊でなくても引くだろう。

弟は顔に軽蔑《けいべつ》という文字をハッキリと浮かべて、零次に背を向けた。

「早く起きて飯を食えよ。神兄さんに蔵の掃除を頼まれてるんだからさ」

「わ、わかった」

やはり昨日の強制労働の話は本当だったのか。

肩を落としていると、尊が扉の前で振り返った。

「本当に……まぁ、いいけどさ……。彩佳《あやか》には知られないほうがいいぜ」

そう言って弟は再び顔に軽蔑という文字を浮かべて、部屋を出ていった。

「弟よ……」

けして『いいけど』などと思ってはいないだろう。

尊の冷ややかな視線が痛いほど胸に突き刺さり、零次は深く落ち込んだ。

中庭にある蔵は、なまこ壁の白くて小さな土蔵だ。

この家が建った頃からある蔵なので、ざっと百年も前からの品が詰まっていることになる。

零次は、どんなお宝が出てくるのかとワクワクしながら土戸を開けたが、中は壊れた家電や、なぜかたくさんある食器類だけだった。てっきり、古めかしい壺《つぼ》やら掛け軸などが出てくるのではないかと期待していたので拍子抜けしてしまった。

「テレビの観すぎ」

がっかりしている零次を一蹴《いっしゅう》し、尊は格子《こうし》状の窓を開けた。

長年使っていなかったのか、蔵は埃《ほこり》だらけだ。食器やガラクタらしきものを外に出して、箒《ほうき》や雑巾《ぞうきん》で中を掃除して、使えそうな物だけを蔵の中に戻すのは考えただけで大変そうだ。

しかも、この蔵には小さな階段もついていて、狭いながら二階まであるのだ。おかげで、思ったより時間がかかりそうだった。

神と悠貴《ゆうき》は用事を済ませたら手伝ってくれると言っていたらしいが、引っ越してきたばかりでいろいろと忙しいだろうから、期待しないほうがいいだろう。

「零次ー。ちょっと来いよ」

一階で古い家電のチェックをしていると、二階に上がっていた尊から声がかかった。

「なんだよ、お宝でもあったのか？」

ないことはわかっていたが、冗談めかして言いながら階段を上がると、尊は二階の奥を指さした。

「あれ、見てみろよ」

尊が示す場所には大きいブルーシートが被せられていた。

「なに？」

ブルーシートは新しいものではなさそうだ。所々黒ずんでいて、上には埃が降り積もっている。ざっと十年以上はたっていそうだ。めくると、シートの下にはいくつものダンボール箱が置かれていた。

「開けてみろよ」

「兄ちゃんに指図すんな」

弟に命令されたのが気に食わなかったが、零次は躊躇《ちゅうちょ》せずに箱を開けた。中には意外なことに子供のおもちゃがいっぱい詰まっていた。

「なんだ、これ」

次々と箱を開けていくと、中から子供用の茶碗《ちゃわん》やら子供服、それに幼稚園の制服なども出てきた。それぞれの品には兄弟たちの名前が書かれていて、自分たちが幼い頃に使用していた物だとすぐにわかった。

「俺たちの物を、こんなところに押し込めてたのかよ」

複雑な心境になって、零次は有名なロボットのおもちゃを手に取った。

父と離婚後、母は結局その好きな人とは再婚しなかったようだが、それでも新しい生活を送るにあたって、子供たちの荷物は邪魔に感じたのだろうか。

別に、思い出に囲まれて暮らしてほしかったとは言わないが、こんな薄暗い土蔵の中に入れられていると、寂しくも感じた。

「ギリギリのラインだったんじゃないの？　捨てるに捨てられない。でも、思い出したくない。そういう母親の複雑な気持ちってやつ？」

妙に達観したことを言う弟に、零次は笑った。

どうも自分たちは母親というものに対してドライ過ぎるのかもしれないが、好きな男のもとに走って子供の手を離した母親をよく思うことはどうしてもできなかった。

「尊、母さんの顔って覚えてるか？」

「そんなわけないだろ。俺はオムツをはいてたんだぜ？」

「だーよなー」

父親は子供たちに母親の話をあまりしなかったし、写真も見せてはくれなかった。酷《ひど》い裏切りを受けて別れたのだから、父の心情はよくわかる。早く母を忘れたかったのだろう。

（結婚する時は、大恋愛だったらしいけど……）

昔、酒に酔った父が一度だけ母のことを語ったことがあった。

大学が一緒だった父と母は同じサークルで出会って恋に落ち、学生結婚をしたらしい。

当然、父の両親（零次たちから見れば祖父母になる）に酷く反対されてしまい、説得もできなかったので、母の実家がある岡山に駆け落ち同然に逃げてきたそうだ。

母子家庭で母を育ててきた岡山の祖母は、新しい家族が増えたと言って父をとても歓迎してくれたらしい。

父は両親から勘当されてしまったらしいが、それでも当時は幸せだったと言っていた。

（そこまでして愛を貫いたっていうのに、人の情って儚《はかな》いものなんだなぁ）

零次はやるせなくなって、次の箱を開けてみたが、中はやはり子供の物ばかりで、パッとする物はなかった。だが、一つだけ箱の中に綺麗《きれい》な手鏡が入っているのを見つけて、零次は尊に見せた。

「見ろよ、これ。綺麗だな」

土産物《みやげもの》店でよく見かけるような、桜柄を施した漆塗《うるしぬ》りの手鏡だ。細い持ち手が女性の手によく馴染《なじ》みそうだった。

　ひょっとしたら、川畔《かわはん》に連なる土産物屋で買ったのかもしれない。

「母さんのかな？」

「俺たちの物を整理する時に紛れ込んだんじゃないの？　彩佳《あやか》にでもあげたら」

「そうだよな……」

　蔵の中に入れたままでは惜しいくらいに見事な鏡だった。きっと彩佳も喜ぶだろうと判断して、零次は鏡を持ち出すことにした。

「こっちは絵本か」

　最後に開けたダンボール箱を覗き込むと、中にはぎっしりと絵本が詰まっていた。ポピュラーなグリム童話から当時流行していた絵本作家の作品まで、たくさんの絵本がある。これも子供たちが読んでいたものだろう。

　ふと、零次は子供の頃の自分が物凄く気に入っていた絵本があったことを思い出した。どんな話だったのかあまり覚えてはいないが、なぜかその本だけは毎日のように誰かにせがんで読んでもらっていた記憶がある。

「ええと、あれ……なんだっけかな」

「なにしてんだ？」

「探してるんだよ、俺がお気に入りだった本」

「……どんなタイトル？」

「忘れた」

「おい」

だって、本当に忘れたのだ。タイトルどころか話の内容も覚えてはいない。だが、本の装丁だけはなぜかしっかりと記憶に刻まれていた。

「確か……表紙は緑色で……豆が……」

「豆？」

「そう、豆」

絵本には、間違いなく豆が出ていた。表紙にも堂々と豆粒の絵が描かれていたのだ。

「ジャックと豆の木？」

「そんなメジャーな話じゃねぇよ。ジャックと豆の木は人間が主役だろ。俺が読んでた本は豆が主役だったんだ」

「豆が主役って……どんな話だよ」

童話にツッコミを入れてもしかたがないが、確かに豆が主役ってどんな話だと言いたくもなる。それだけ、零次たちは大人になってしまったということなのだろう。

「それ、どうしても見つけなきゃならないのか？」

「いや、なんか気になって……でも、なんでないんだろう」

「母さんが捨てたんじゃないの？」

「そうかな」

子供たちが使っていた物を蔵に押し込めていたとはいえ、物はすべて梱包《こんぽう》でもするように丁寧《ていねい》にダンボール箱に詰められていた。それだけの思いが子供たちへあったのだとしたら、零次が一番大切にしていたあの絵本だけがないのはおかしい気がした。もちろん、捨てられたとも思いたくはない。

「どうしても気になるなら、お向かいさんに本のタイトルだけでも聞いてみたら？　豆のヒントでいろいろ教えてくれるかもよ」

「――っ！」

言われて零次はギクッと肩を揺らした。平静を装おうとしたが、顔が強張ってしまってうまく表情を作れない。

「なに、その凍りついたような顔は……」

「いや、ちょっと……いやなことを思い出して……」

昨夜のびしょ濡れ男のことを思い出して、零次はブルッと震えた。

「そ、そうだよな……。ここで探してもしょうがないし……九十九さんに聞いてみるよ……」

ついでに、あのびしょ濡れ男のことも内心で思いながら、零次はダンボール箱を閉じた。

なんとか蔵の掃除を終えたのは、昼の十二時を回った頃だった。結局、外出している兄たちは帰ってこなかったので、二人は彩佳の用意した昼食を先に食べることにした。弘都との約束を断っていたので、昼から暇をもて余していると、思いもかけない客がやってきた。

「こんにちは」

通りに面した居間の窓から声をかけてきたのは、枳殻九十九だった。

昨日のこともあって、九十九の顔はまだまともに見られない。動揺している零次に、彼は邪気《じゃき》のない笑みを浮かべた。

「ちょっと、お邪魔してもいいかな？」

「え、ええっと」

九十九の意図がわからずに戸惑っていると、彼は手にしていたケーキの箱を持ち上げた。そこに印字されている店の名前に、零次はドキリとする。

『FORTUNE《フォルチュンヌ》』

知らぬ名ではない。それどころか、自分たちと密接に関わりのある店の名だった。

「今日は頼子《よりこ》さんの命日だから、彼女が好きだった店のチーズケーキを買ってきたんだ。仏壇《ぶつだん》に供えさせてもらっていい？」

「あっ」

そういえばと、零次は双子と顔を見合わせた。母が亡くなったのは三月二十八日。去年の今日だ。うっかりしていた。

やはり、遠かった身内よりも近くに住んでいた他人のほうが縁《えん》が深いだけによく覚えていてくれている。

兄弟が揃《そろ》ったら一緒に墓参りをしようと、母に心の中で詫《わ》びつつ、零次は九十九を招き入れた。

「神兄は出かけてていないんですけど、どうぞ入ってください」

「ありがとう」

九十九は嬉《うれ》しそうに家に上がると、迷いもせずに仏間に入っていった。尊にお茶出しを頼み、零次もあとをついて行く。

尊が持ってきた皿にケーキを盛り、仏壇に供えると、九十九は両手を合わせて長いこと拝んでくれた。

「ありがとうございました」

息子として頭を下げると、九十九は残りのケーキを覗き込んだ。

「実は、君たちの人数分ケーキを買ってきちゃったんだよねぇ」

「え？」

「ついでに、俺のも」

「……ええっと」

これは一緒にお茶をしようということなのだろうか。

「み、みんなでいただきましょうよ！」

九十九の存在に緊張して、一言も喋らなかった彩佳が上擦《うわず》った声をあげた。

「そ、そうだな」

ここは、妹のために頷いておこうと、零次は彩佳の提案に同意する。それに、せっかく来てもらったのに、なんのおもてなしもせずに帰すのは人として間違っている気がしたのだ。

零次は居間に九十九を通すと、四人分の紅茶をいれた。

「いただきます」

零次たちはありがたくケーキをちょうだいしたが、なぜか九十九は自分のケーキには手をつけずにニコニコと兄弟を見つめている。なんだか居心地が悪いので咳《せき》ばらいをすると、九十九がおいしい？　と聞いてきた。

「あ、おいしいです」

零次はテーブルの上のケーキの箱をチラ見した。

全国的にチェーン展開をしているケーキショップ『FORTUNE』。

ここは甘さを抑えた上品な味が特徴的で、自然素材にこだわる高級店だ。

実は、この『FORTUNE』のオーナーは兄弟の祖父にあたる人なのだ。つまり、零次たちの父親は、名だたる会社の跡取り息子ということになる。

両親と絶縁した今は、父は跡取りとしての地位をなくしているので、零次たち兄弟にはなんの関係もない店ではあるが、一応血の繋《つな》がりがある祖父の店だと思うと、なんとなく気になるものだ。

祖父母が父と母の結婚を反対したのは、学生結婚ということだけではなく、いわゆる親の決めた婚約者がいたからだと聞いている。零次の感覚からすれば前時代的だと思うが、金持ちには金持ち特有のしがらみというものがあったのだろう。

しかし、まさか母がこの店のケーキを好きだったとは……。

九十九はなにも知らずにこのケーキを買ってきてくれたのかもしれないが、母に対してはいろいろと勘繰《かんぐ》らずにはいられない。

(好きっていうより、買いたかったのかな？)

ひょっとしたら、母は『FORTUNE』のケーキを通して、なにか別のものでも見ていたのだろうか。

(たとえば、別れた父さんや、俺たちのこと……？)

それくらいしか、お互いに繋がっていられるものがなかったとか？

(いや、まさかな)

零次は自嘲《じちょう》した。

家族の絆《きずな》を断ち切ったのは母のほうなのだ。そんな感傷的なことは考えないだろう。

「あの、九十九さんは……」

「九十九でいいよ」

「え？」

そう言われても、六つほども年上の人を呼び捨てにするのは気が引ける。

「じゃあ、ほっこりさんで」

「……」

九十九は予想外の返事に目を瞬いていたが、やがて声を出して笑った。

「いいよ」

零次はホッと胸を撫《な》で下ろした。町の人が彼のことをそう呼んでいるのが羨《うらや》ましかったので、認めてもらえて嬉しかったのだ。改めてこの町の住人になれたような気がする。

「ほっこりさんは、俺たちの母さんとは仲良くしてくれてたんですか？」

「そりゃあね。お向かいさんですから。頼子さんにはかわいがってもらってたよ」

「そうですか」

神と同じ歳の九十九を、母は自分の息子のように思っていたのだろうか。

「母さんはどんな人でした？」

「綺麗な人だったよ。いつも明るくて町内では人気者だった。品があって一見清楚《せいそ》に見えて……それでいて芯《しん》が強い人だったと思うよ。君たちが出ていったあとも、一人であの店を切り盛りしてがんばってたからね」

「へぇ」

母の人となりを聞くのは初めてだ。

霧《きり》の中に浮かんでいるようにぼんやりしていた母の姿が、少し輪郭《りんかく》を伴って想像できるようになった。

「……なんか、好きな男ができて父さんと別れたらしいから、もっとろくでもないイメージを持ってた」

「好きな人？」

九十九は意外そうに目を瞬いた。

「それって、本当？」

「うん」

父から聞いた話だから、間違いはない。父はある日突然、好きな人ができたから別れてほしいと母に三行半《みくだりはん》を突きつけられたと言っていた。

「おかしいなぁ……」

九十九は不思議そうに首を傾げて兄弟を見た。

「それらしい男の人が出入りしてた様子なんて、喫茶店《きっさてん》でもこの家でも見たことないけどな」

「再婚もしてなかったみたいだし、父さんと別れたあとに、意外とあっさりその男とも別れちゃったのかもな」

我が親ながら、なんとも想像したくない話だ。

零次は複雑な思いを隠して紅茶のお代わりを入れた。九十九もそこは察してくれたのか、それ以上、母の話を広げてはこなかった。

零次は手持ち無沙汰《ぶさた》に紅茶のカップをいじる。

今は母のことより、本当に聞きたいことが別にあるのだ。

昨日のびしょ濡れの男のことはずっと脳内にあるのだが、なかなか切り出せずにいた。

「気になってるなら、聞いたら？」

「え？」

不意に尊が背中を押すように口を出してきたので、零次の声はひっくり返った。

「き、聞くって何を？」

「豆のこと」

「ま、豆？　ああ、豆な」

てっきり昨日の男のことかと思ったが、弟は蔵で話した絵本のことを言っているらしい。

そのことも九十九に聞いてみようと思っていたので、零次はちょうどいいとばかりに尋《たず》ねてみた。

「ほっこりさん。俺、どうしても気になる童話があるんだけど」

「うん」

「豆の話なんだけど」

「豆の童話？」

「すごく抽象的だけど。確か、豆が鉄砲で飛ばされる話で……」

わかったら逆に凄いなと思いつつ、零次は思い出の絵本の話をした。

すると、意外にも九十九はあっさりと答えを導き出したのだ。

「それって、『飛び出した五粒のえんどう豆』っていうアンデルセン童話じゃないかな？」

「五粒のえんどう豆？」

「そう。アンデルセンの創作童話の一つだよ。結構有名な話だよ」

「へぇ。どんな話？」

零次が童話に興味をもつと、九十九は楽しそうに飛び出した五粒のえんどう豆の話を語ってくれた。

「この話はね、一つのさやに入っていた五粒のえんどう豆たちが、いたずら好きの男の子の豆鉄砲でそれぞれバラバラの場所に飛ばされちゃうんだ。そのうちの五粒目のえんどう豆が貧しい母娘《おやこ》の住む家の窓辺に飛ばされちゃってね、そこの家の女の子は病気で寝たきりで寂しい思いをしてたんだけど、芽を出して育っていくえんどう豆の姿を見ているうちに、だんだんと元気になっていくって話だよ」

「へぇ」

かい摘んだ説明だったが、言われてみればそんな話だった気がする。

「でも、えんどう豆が育つと、なんで女の子が元気になるんだ？」

尊が身もふたもないことを呟くと、九十九は笑った。

「そうだね。たぶん、とんでもない場所に飛ばされても、必死に芽を出して育っていったえんどう豆の強い生命力が、少女にも生きる力を与えてくれたってことじゃないのかな」

まるで幼稚園児に言い聞かせるような九十九の口ぶりに、零次は噴き出した。

「さすが童話専門店の店主」

「伊達《だて》に世界中の童話を集めているわけじゃないよ。よかったら、その話を探しておくよ。うちの店にもあるはずだから」

「あ、ありがとうございます」

零次が礼を言うと、九十九は頷いて立ち上がった。

「さてと、あんまり長居をしても悪いし、俺はそろそろ失礼するよ」

「――あ、待って、ほっこりさん！」

店番もあるしねと言いながら居間を出ていこうとした九十九に、零次は慌てて声をかけた。

土壇場《どたんば》になって、恐怖より好奇心のほうが勝ったのだ。

「あの、昨日の夜……」

「うん？」

「昨日の深夜、雨が降ってたんだけど、二時過ぎくらいに男が入ってきませんでしたか？」

「男？」

「ジーンズにTシャツ姿で、びしょ濡れの……」

「ああ、見たの？」

九十九は心当たりがあるのか、さらりとそう言った。

見たってなんだ！　と怯《ひる》んだが、零次は心を強くして青年の綺麗な瞳《ひとみ》を見据えた。その顔があまりにも必死でおかしかったのか、九十九は笑いながら零次の頬《ほお》をつねった。

「そんなに怖い顔をしなくても大丈夫。彼は悪いものじゃないから」

「もの？」

九十九が人と言わなかったことに敏感に反応すると、彩佳が横でホラーな話？　と聞いてきた。返事ができずにいると、九十九が零次の顔を覗き込んできた。

「その話を神にした？」

「うん。わ、忘れろって言われたけど」

「ああ、そうなんだ。じゃあ、忘れたほうがいいんだろうね」

九十九の微妙な言い回しに、零次は強く首を横に振った。

「俺は、知りたいんです」

神は忘れろと言ったが、そう言われて納得してしまうほど子供ではない。兄が自分たちのことを思ってくれているのはわかるが、受容できるものかそうでないかは自分で見極めたかった。

「そう。じゃあ、次の雨の日の深夜にお店においで」

「え？」

九十九の意外な誘いに、零次は目を瞬いた。

「別に、俺は隠しているわけじゃないしね。彼は雨が降る日にしか現れないんだ。たぶん次の雨の日もやってくるだろうから、紹介するよ」

紹介ということは、やはり普通の人間だったのだろうか。幽霊だと思っていた自分がバカに思えて、零次は体の力を抜いた。

呆《ほう》けたように九十九を見つめると、彼は悪戯《いたずら》っぽく人差し指を唇《くちびる》に当てた。

「ただし、神には内緒だよ？　知られると俺が怒られるからね」

「……」

なんだか妙に悪いことをしている気分になり、零次は曖昧《あいまい》な気持ちで眉を寄せた。

「それじゃあね」

意味深な言葉を残して九十九が去っていったあと、なぜか彩佳が妬《ねた》ましそうに零次を睨《にら》みつけた。

「なんだか知らないけど、零兄さんばっかり九十九さんと仲良くしてずるい」

「はぁ？」

何がずるいのかわからずに声をひっくり返す零次に、彩佳は頬を膨らませて背を向けた。

「私も行くからね、九十九さんのお店」

そう言い残して居間から出ていった妹を、零次はポカンと見送った。

つまり、これはあれか？　九十九と零次が彩佳を蚊帳《かや》の外に置いた会話をしていたから、嫉妬《しっと》しているのか？

（なんって、面倒くさい……）

たとえ妹といえども、恋する女の子の思考回路は、まったくもって意味不明だった。

第三頁

零次とお化け屋敷

そこは自分の足下も見えない、真っ暗な闇《やみ》の中だった。

なぜ自分がこんな場所にいるのか理解できずに零次《れいじ》は立ち尽くす。

(何か見えないかな)

表現できないほどの恐怖に支配されていたが、なんとか踏ん張って目を凝《こ》らしていると、やがて、カタカタと妙な音が聞こえ始めた。

このままここにいてもしかたがないので、勇気を振り絞って音のほうへと足を踏み出す。

まったく何も見えない状況で、感覚だけを頼りに進んでいくと、薄ぼんやりと明かりのようなものが見えてきた。

明かりの漏れている先には、向かいの枳殻《からたち》童話専門店があった。

ホッとして店に入ろうとしたが、なぜか入口の近くまで来たら足が動かなくなった。

「え? なんだよ」

必死に動かしてみるが、足はどうしても動かない。途方にくれて店の明かりを眺めていると、ふと、店の前に小さな男の子が現れた。

五歳くらいの男の子は、藍《あい》色の着物に身を包み、足には草履《ぞうり》を履《は》いていた。前髪を紐《ひも》で結わえたその姿は、まるで昔話に出てくる童子《わらし》のようだ。

男の子は一生懸命《いっしょうけんめい》に店に入ろうとしているが、零次と同じように足が動かないようだ。

やがて、入ることを諦《あきら》めてしまった男の子は、その場にしゃがんで手にしていた本を読み始めた。

「なにを読んでるの？」

その背中があまりにも寂しそうだったので、つい声をかけると、男の子はあどけない目をまん丸くして、零次を見た。

男の子が黙って掲げた本のタイトルを見て、零次は驚く。

『飛び出した五粒のえんどう豆』

一つのさやに収まった豆たちが、ニコニコと笑っているかわいらしいイラストだ。

瞬時に自分が探している本だと理解した零次は、思わず手を伸ばしたが、距離があって届かない。

男の子も両手を伸ばして零次の手を握ろうとするが、ダメだった。

なんだろう。自分とこの子の間には何か見えない壁でもあるようだ。

どうしても近づけないことに苛立《いらだ》ちを感じ始めた時、男の子が悲しそうに呟《つぶや》いた。

「出られない……」


そっと瞼《まぶた》を開いて、零次は見慣れた自分の部屋の天井を凝視した。

窓から差し込む光で朝がやってきたことはわかるが、気だるくて体を動かす気にはならなかった。

最近、とても寝不足だ。

原因は、ここ三日ほど連続で見ている夢のせいだ。今日も、その夢を見てうなされてしまい、目覚めは最悪だった。

「……」

頭がぼんやりとしているが、いつまでもベッドの上で過ごすわけにもいかない。気力を振り絞って起き上がると、零次は階下へと下りた。

なんとか顔を洗って、兄弟が集まっている居間に入ると、食卓にはすでに朝食が並んでいた。

「おはよう」

「おはよう……──っ」

食卓の前に座った零次の顔を見るなり、長兄の神《じん》は絶句した。

「お前大丈夫か？　顔色が悪いぞ」

「大丈夫、大丈夫」

先ほど顔を洗った時に鏡で自分の顔を見たが、確かに酷《ひど》い顔色だった。頬《ほお》は青白く、寝不足のせいかうっすらと隈《くま》までできている。兄が心配するのも当然だ。

「また例の夢でも見たのかよ」

次兄の悠貴《ゆうき》に問われて、零次は頷《うなず》いた。

このところ、毎晩夢に現れる小さな男の子の姿に、零次は悩まされていた。

枳殻童話専門店の前で、なんとか男の子の手を掴《つか》もうと必死になっているうちに朝が来て目が覚めるというパターンだった。

「毎晩同じ夢って不気味よねぇ」

茶碗《ちゃわん》に白いご飯をよそいながら、彩佳《あやか》が顔を曇《くも》らせる。

「そういえば、最近私も変なことがあってね。……夜中にトイレに起きたら、仏間がぼんやりと明るくて、電気でもついてるのかと思って消しに行ったら、誰もいなくて……気のせいかと帰ろうとしたら、仏壇《ぶつだん》のほうからカタカタと音が……」

「やめろー！」

怖いことを言い出した妹に身震いして、零次は声をあげた。

「お前、そんなホラー体験をよく平気な顔して話せるな！」

「なにを言ってんのよ、きっとネズミか何かでしょ。古い家だし仏壇には食べ物を供えてるからよく出るのよ。でも、私はネズミのほうがイヤー」

舌を出しておちゃらける妹に、零次は逞《たくま》しさを感じた。幽霊らしきものを見て兄の布団《ふとん》に潜り込んだ自分とは大違いだ。

「俺は自分が情けない。彩佳、姉御《あねご》と呼ばせてくれ」

「意味がわからないんだけど」

味噌汁《みそしる》をすすりながら、彩佳は零次を一瞥《いちべつ》する。

最近、彩佳はますます零次に冷たくなっていた。原因は例の絵本『飛び出した五粒のえんどう豆』だ。

童話専門店の店主である九十九《つくも》は、童話の話をした翌日には、早くも絵本を見つけ出して、零次にプレゼントしてくれた。

零次の記憶にある絵本の表紙は、五粒のえんどう豆が仲良く同じさやに収まっている絵だったが、九十九がくれた表紙はそれとは違っていて、淡い水彩画タッチで描かれたえんどう豆たちが、四方八方に元気よく飛び散っているイラストだった。

まぁ、絵本の装丁が出版社によって違うのは当たり前のことなので、内容が同じならばと零次は喜んで受け取ったのだが、それがいけなかった。

その本を兄弟の前で広げている時に、長兄の神が思い出したように言ったのだ。

『そういえば、零次はこの話が大好きで、よく俺たち兄弟にたとえて喜んでいたな』と。

自分は忘れていたので、子供だったらそんな遊びもするだろうなと我ながら微笑《ほほえ》ましく感じたのだが、問題はその内容だった。

なんと、同じさやに入っていた五粒の兄弟豆たちの、飛ばされたあとの格差がそれはもう酷かったのだ。

一粒目のえんどう豆（神）は、広い世界を見に行くのだと張り切っていたが、結局、鳩《はと》に食べられてしまう。

二粒目のえんどう豆（悠貴）は、お日様のもとへと飛ぶんだと意気揚々《いきようよう》としていたが、やはり、鳩に食べられてしまう。

三粒目のえんどう豆（零次）も、眠いと駄々をこねていたが、結局飛ばされて鳩の餌《えさ》。

四粒目のえんどう豆（彩佳）に至っては、飛ばされた場所がドブの中で、汚い水を吸ってブクブクと膨らんでしまうという、なんとも救いようのない話だった。

女の子の部屋の窓に落ちて、無事に育った五粒目のえんどう豆（尊《みこと》）以外は、目を覆いたくなるような惨状《さんじょう》だ。

アンデルセンの焦点はいったいどこにあったのかと、問いただしたい気分だったが、九十九の言うとおり病気の女の子と生命力というテーマならば、しかたがないとも言えるのかもしれない。

だが、しかたがないで済まされないのは他の兄弟たちだ。零次が豆に兄弟を重ね合わせて喜んでいたというのだったら、自分たちの化身のようなえんどう豆のかわいそうなオチには黙っていられなかった。

彩佳なんかは絵本を見るなり『ドブってなによ！　零兄さんは人をドブに落ちた豆と一緒にして笑ってたの？　ひどいわ！』と激怒したのだ。

それからというもの、あからさまに彩佳の態度が冷たい。子供の頃の話だからと神が宥《なだ》めてくれたが、さすがにドブのインパクトは強く、兄のフォローも効果がないまま今日まで来ていた。

自分でも、なんて悪趣味な子供だと思ったものだが、零次にはどうにも腑《ふ》に落ちないことがあった。

果たして、自分が読んでいた『飛び出した五粒のえんどう豆』は、この話だったのだろうか。

（なんか、違う気がするんだよな）

モソモソと白飯を噛《か》みながら、零次は食卓に並んでいたえんどう豆入りの煮物に手を伸ばした（きっと、この献立も彩佳の嫌がらせだろう）。

絵本の記憶が曖昧《あいまい》なので確かなことは言えないが、零次が愛読していた童話はこんな話ではなかったような気がするのだ。

何がとは言えないが、感覚の問題だ。少なくとも、零次は昔から兄弟たちが大好きだったので、こんな酷い結末を迎える豆を兄や妹に見立てることはしないと思うのだ。

読んでいて凄《すご》く楽しかった思い出はあるから、豆たちは幸せになる話ではなかっただろうか。

（う～ん。気のせいか～？）

ひょっとしたら、そう思いたいだけかもしれない。自分が兄弟の不幸を喜ぶ悪魔のような子だとは思いたくないだけなのかもしれない。

「――難しい顔をしてないで、早く食べてよね。片づかないから」

「はい」

容赦《ようしゃ》なく食器を片づけ始めた妹に一刀両断され、零次は素直に頷いた。

食事を終えた零次は、神に言われるままに納戸の片づけをするはめになった。

なんでも、この納戸を潰して、隣のカフェと繋《つな》げるらしい。店が広くなるうえにいつでも客の目を気にすることなく家との行き来ができるという理由から、兄は隣の喫茶店《きっさてん》だけでなく家の改築も決意したのだ。

(また、俺たちだけかよ)

せっせと納戸の片づけに精を出している双子を見て、零次はため息をついた。

肝心の兄たちは、カフェのオープンや店と家の改築準備に追われていて、最近ではほとんど家にいない。

特にこの地区は町並み保存地区に指定されているので、自分の家といえども改築には市の許可が必要だったりして、いろいろと大変なのだ。

そうなると、家のことに関してお鉢《はち》が回ってくるのは弟たちだ。

改装する納戸の整理は、弟たちに下された言わば至上命題だった。

母が使っていた古いタンスや、家具などを蔵に移し、何もない状態にしておかなければならないのだ。

　母はあまり物をため込む人ではなかったのか、荷物は少なかったが、重たい物の移動は腰をやられてしまうほど大変だった。

　尊に年寄りと小馬鹿《こばか》にされながらも、納戸の片づけに奮闘《ふんとう》していると、時間はあっという間に過ぎた。お昼に彩佳がおむすびを握ってくれたのでそれを食べて一息をついていると、それは突然やってきた。

　カタカタ……。

　カタカタカタ……。

「なんだ？」

　なにやら仏間で音がする。三人で顔を見合わせていると、いきなりグラリと家が揺れた。

「うわっ！　地震だ！」

　天井から吊《つ》るした照明が、激しくグラインドしている。立ち上がることができないほどの揺れに恐怖を感じて、零次は彩佳と尊に覆い被さった。

　古い家だ。万が一倒壊でもしたら、怪我《けが》どころでは済まない。そうなったとしても、なんとか妹たちを守らねばと本能が働いたのだ。

「零兄さん！」

「大丈夫だ！」

しがみついてくる彩佳を励《はげ》ましながら耐えていると、ようやく揺れが収まった。

「彩佳、尊！　出るぞ！」

また揺れても怖いので、急いで家を出ると、意外にも町は静かだった。隣の冠西《かんさい》のおばちゃんなんかは血相を変えて出てくるかと思ったが、その気配はない。

力が抜けて座り込みそうになっていると、隣からおばちゃんではなく弘都《ひろと》が出てきた。

「おー、零次。ちょうど良かったわ。今、お前の家に行こうかと思っとったんじゃ」

「ひ、弘都……お前、地震は大丈夫だったか？」

「はっ？　地震？　いつ？」

「さ、さっきの地震だよ！」

「はぁ？　さっき？　ちっとも揺れとらんで」

「揺れとらんでって……」

信じられない思いで零次は弘都を見る。涼しい顔をしているので、冗談を言っているようにも見えない。

あれだけ激しい揺れだというのに、弘都は寝てでもいたのだろうか。いや、寝ていたとしても跳《は》ね起きる勢いの揺れだったはずだ。

「凄く揺れてたじゃねぇか！」

ムキになって零次が言うと、弘都はキョトンとして首を横に振った。

納得のいかない零次は、歩いていた観光客を捕まえて尋《たず》ねてみたが答えは弘都と同じだった。

「おもしれぇ奴《やつ》じゃなぁ。気のせいじゃろ。古い家じゃけ、ちょっとした振動でも大きく揺れた感じがするんじゃって」

弘都は大笑いをして、手にしていた風呂敷包みを差し出してきた。

「ほい。母ちゃんがぼた餅《もち》作ったけぇ、頼《より》おばちゃんに供えてくれってさ」

「……あ、ありがとう」

狐《きつね》につままれたような気持ちで、零次は風呂敷包みを受け取った。中は重箱なのだろう。四角い包みはズシリと重かった。

「どういうこと？　零兄さん……」

「わかんねぇよ」

元気よく家に入っていった弘都を見送って、三人は途方にくれたように我が家を見上げた。

家の外観はなにも変わってはいない。あの揺れでは瓦《かわら》が落ちたのではないかと思ったが、それもなかった。

「……入るか」

いつまでも呆《ほう》けていてもしかたがないので、零次たちは家に戻ることにした。

とりあえず、様子を見るために自分だけ玄関に入ってみたが、家の中に変化は感じられなかった。靴箱《くつばこ》の上に置いていた花瓶《かびん》もしっかりと立っていて、水一滴こぼれてはいない。

それがなんとなく不気味だ。

まるで盗人《ぬすっと》のような足取りで上がり框《がまち》に足を乗せると、横を尊が通り過ぎた。

「お、おい尊……」

「地震じゃなかったんだろ？　だったら危険じゃない」

そう言いながら、尊はスタスタと納戸に戻っていった。

我が弟ながら、たいした度胸と割り切りのよさだ。人間としての喜怒哀楽をどこかに置き忘れてきてるんじゃないかと心配になってくるが、今は少しだけ頼もしい。

「それちょうだい。私が仏壇に供えるから」

横から妹が手を出してきたので重箱を渡すと、彩佳は照れくさそうにそっぽを向いた。

「さ、さっきは守ってくれてありがとう」

台所に向かう妹の背中が立派にツンデレだったので、零次は噴き出してしまった。

だが、とても嬉《うれ》しかった。

自分も、上の兄二人のように弟たちを守れる存在になりたいと常に思っていたので、今日は少しだけそれに近づけた気がする。

単純ながら元気を取り戻して、納戸に戻ろうとした時。

カタカタカタ……。

また、仏間から音が響《ひび》いてきた。

「な、なんなんだよ、いったい」

怯《おび》えてばかりもいられないので、意を決して仏間を覗《のぞ》いてみたが、そこには仏壇とタンス以外に何もなかった。あの音もやんでいる。だが、一瞬だけ縁側の障子《しょうじ》に小さな人影が浮かんだ気がした。

言い表すことのできない絶望感に、零次は顔を覆う。今ようやく確信したのだ。

間違いなくこの家には何かいる。

恐怖で固まったまま動けないでいると、不意に耳元で少年の声がした。

『出られない……』

恐る恐る顔を上げた零次は、声にならない悲鳴をあげた。

いつの間にか、自分の真横に黒い靄《もや》のような人影が立っている。小さなその人影は、ゆっくりと零次の足に絡みついた。ひんやりとした感触が布を通して伝わってくる。

やがて黒い靄は胸元まで迫ってきた。

「ひ……っ」

無我夢中で靄を払おうとすると、靄の中に、二つの目がギョロリと浮かんだ。目は零次をじっと見つめて、訴えた。

『出られない……っ！』

「ぎゃあああ！」

あまりの恐怖に耐えられず、零次は絶叫して仏間から離れた。

弟のいる納戸に逃げ込もうと思ったが、たまたま玄関から兄たちの声が聞こえてきたので、零次は迷わず神のもとへ走った。

「神兄ーっ！　悠兄ーっ！」

「ああ零次。ただいま」

まるで主人の帰宅を喜ぶ犬のように零次が走ってきたので、兄たちは笑った。

「なんだよ、お前。熱烈歓迎だな」

悠貴の皮肉も耳に入らず、零次は二人に飛びついた。

「おいおい、どうした？」

「どうしたもこうしたも、いるんだよ！」

「はっ？」

「お、お、お化けがいるんだよー！　この家だけ変な地震も起きるし、仏壇の部屋からは音がするし！　絶対におかしいって！」

騒ぎを聞きつけた尊と彩佳も、それぞれの場所から出てきて、深刻な顔で兄たちを見ている。

弟たちのただごとではない表情に、神と悠貴は顔を見合わせた。

わめく零次を宥めて、二人は家に上がる。

「なにがあったか話を聞こうか？」

神の優しい声に落ち着きを取り戻した零次は、恐怖と戦いながら小さく頷いた。

第四頁

からたち童話専門店

昔から、ホラー番組が嫌いだった。

兄弟の中でも零次《れいじ》は人一倍怖がりで、遊園地のお化け屋敷にも自分からは絶対に入ったりしなかった。それでも、無理やり悠貴《ゆうき》に放りこまれた時は、大泣きをして非常口から飛び出す始末だった。

そんな自分が、なんの因果でこの恐怖と戦わなければならないのか。

しとしとと雨が降る窓の外を見つめて、零次は目を伏せた。

できれば、この日が来てほしくなかった。最初は、あの店のミステリアスな雰囲気が気になって、好奇心から謎《なぞ》を追究してみようと思ったが、今はそれどころではないのだ。

自分の家の怪奇現象だけで、零次のキャパシティはとっくに限界を超えていた。

おかしな地震のあとからも次々と不思議な現象は続き、さすがに異変に気づいた兄たちは弟たちが心配だからと、あまり家を留守にしなくなった。

例の夢も相変わらず続き、零次の寝不足は酷《ひど》くなるばかりだ。そんな時にこの雨が降ってしまった。

「零兄さん」

バンッと部屋の扉を開けて、彩佳《あやか》が入ってきた。深夜零時《れい》の来訪だったが、驚きはしなかった。今日は、九十九《つくも》と約束した雨の日だからだ。

「お店に行くわよ！」

勇《いさ》ましく言い放った妹に、零次は呆《あき》れ半分の眼差《まなざ》しを送る。

恋に夢中の彩佳は、零次の気持ちなどお構いなしだ。元々、零次と違ってホラー関係に強い妹は、家がお化け屋敷になっても少しも動じていない。

彼女の頭の中は、いるかいないかわからないもののことより、向かいの素敵なお兄さんのことでいっぱいなのだろう。

「なぁ、今日はやめにしないか？」

「なにを言ってるのよ！　零兄さんが九十九さんにお願いしたことでしょ？　なにしに行くか知らないけど、待たせたら悪いでしょ。ほら、早く！」

彩佳は有無《うむ》を言わせぬ勢いで、零次の手を引っ張った。

「もう、わかったよ」

しかたなくノロノロと妹のあとをついていき、兄たちに見つからないようにコッソリと靴《くつ》を履《は》こうとした時、不意に背後から声がかかった。

「零次、彩佳。なにをやってるんだ」

「うわっ!」

後ろに立っていたのは神《じん》だった。

まだ眠っていなかった神は、弟たちの不穏な動きを察知したようだ。

「じ、神兄……えっと、あの……」

「こんな夜中に、二人でどこに行くんだ」

「ええっと……その……」

しどろもどろになる零次に、神の顔がだんだんと怖くなっていく。保護者の怒りには逆らえず、零次と彩佳はその場で正座をして項垂《うなだ》れた。

「ごめんなさい……」

行き先や、九十九の店に行くことになった経緯を素直に話すと、神は呆れきった表情で額に手を当てた。

「まったくお前は……あれほど、あの店には関わるなって言っておいたのに……。おまけに彩佳まで巻き込んで……本当にしょうがないな」

「彩佳は自分から嵐の中に飛び込んできたんだけど」

「はい、その通りです。約束を破ってごめんなさい、神兄さん……」

「……」

神はため息をついて膝《ひざ》を折ると、しょげかえっている零次と彩佳の顔を覗《のぞ》き込んだ。

「どうしても、行きたいのか？」

「え？」

てっきり行くなと止められると思っていたので、二人はポカンと口を開けた。神は真剣な顔で零次を見つめる。

「相変わらず酷い顔色だな……」

「そ、そうかな」

「最近、大変だったからな。何日も眠れてないんだろう？」

「だ、大丈夫だよ」

兄に心配をかけまいと強がってみせると、神は零次と彩佳の頭に手を置いた。

「しょうがない。俺も覚悟を決めたよ。不本意だが、あいつならどうにかしてくれるかもしれない」

「どうにかって……？」

あいつとは、きっと九十九のことだ。彼なら、この家の怪異をなんとかしてくれるというのだろうか。

「ほっこりさんって、何者?」

「さぁ?」

「さぁって」

神は何かを知っているのだと思っていたので、零次は肩透かしをくらってしまった。

「あいつは俺の幼なじみで、とんだ疫病神《やくびょうがみ》で、うさんくさいほどに怪しい……不思議で迷惑な男だってことしか知らない」

「……」

そう言いながら土間で靴を履き始めた神の言葉が、頭の中で何度も反響した。

店には関わらないようにと言っていたのに、自分から禁を破ろうとしている神の決意を感じて、零次は背筋を伸ばした。

やはり、あの店はただの童話専門店ではないのだ。

これから、自分の身になにか不思議なことが起こるに違いないと確信して、零次は緊張気味に兄のあとに続いた。

いつもの通り、深夜だというのに店には明かりが灯《とも》っていた。中からはガヤガヤと声も聞こえる。どうやら複数の客がいるようだ。

神は店の戸に手を掛けて弟たちを振り返った。

「零次、彩佳。心の準備はいいいな?」

ただごとではない前置きに二人で頷《うなず》くと、神は静かに戸を開いた。小鳥のドアチャイムがキラキラと音を鳴らすと、騒がしかった店内は水を打ったように静まり返った。

確かに人の声が聞こえていたはずなのに、店には誰もいない。音といったら、おもちゃの線路の上を機関車が走っている音だけだ。

「気をつけろよ」

警戒心を露《あらわ》にしながら、神は一歩一歩奥へと進んでいく。なぜか背後の棚と棚の間を誰かが通り抜けた気がして、零次は振り向いたが、そこには誰もいなかった。

「気のせいか」

安堵《あんど》すると、零次の足下にぴょんっとウサギが跳《は》ねてきた。つぶらな瞳《ひとみ》で見上げてくるので、しばらく見つめ合っていると、日本の昔話を並べている棚の上から声が聞こえた。

「兎三郎《うさぶろう》……その人たち人間?」

ぎょっとして見上げると、棚の上に小さな女の子が腰掛けていた。

女の子は赤い着物に身を包んでいて、かわいらしいおかっぱ姿だ。零次が夢に見た男の子と同じく、昔の童子《わらし》のようだった。

「……人間だよ」

ぶっきらぼうな声がウサギから聞こえて、零次も彩佳も耳を疑った。

「え？　いまウサギが……」

喋《しゃべ》ったようなと呟《つぶや》くと、天井からいきなり何かが降ってきた。

「うわああ！」

「きゃあ！」

仰天《ぎょうてん》して悲鳴をあげた弟たちを、すかさず神が支える。降ってきたのは長い髪を緩《ゆる》く後ろに束ねた若い男だった。

格好は今時のやんちゃな若者のように派手で、ジャラジャラと銀色のアクセサリーを身につけている。頰《ほお》にある蜘蛛《くも》のタトゥーが、妙に不気味だ。鋭い目つきで睨《にら》んでくるので零次が怯《ひる》んでいると、男はスッと彩佳に手を差し出してきた。

「え？」

戸惑いながらも彩佳が手を握ると、男は興奮したようにブンブンと手を振りまくった。

「俺、この店の常連の蜘蛛男《くもおとこ》っす！　よろしく！」

「は？　え？」

蜘蛛男？　ひょっとして、芸名なのか？　まさか本名ではあるまい。

零次が混乱していると、男はようやく妹の手を放した。

「すげぇ、人間の女の子と握手しちまったっすよ！」

「えー、いいな、いいなぁ」

女の子が羨《うらや》ましそうな顔をして棚から飛び降りた。一瞬、怪我《けが》をしてしまうのではないかとヒヤリとしたが、その着地は見事なものだった。女の子はそのまま跳ねるように零次に駆け寄ってくる。

「ねぇ、だっこして、だっこ！」

「だっこ……？」

「そこの兄ちゃん。悪いが、座敷童子《ざしきわらし》をだっこしてやってくれねぇか」

ウサギが再び口を開いた。

喋るウサギに困惑しきって、零次が神を見ると、兄は頷いた。ウサギの言うとおりにしろということらしい。

しかたなく抱き上げてやると、女の子は両手を上げて喜んだ。

「わー、高いたかーい」

なんなんだ、この状況は。

この子は何者なんだ。

人間が天井から降ってきたり、ウサギが喋ったり、もう理解不能なことだらけだ。

思考回路が追いついていかない零次の背後で、再び何かが動く気配がした。反射的に振り向くと、入り口側の棚の陰《かげ》から、ちょんまげ姿の男が顔を出していた。

「ひっ！　……っ」

思わず声をあげかけて、零次はとっさに口を押さえる。なんだか不気味な姿だったので、男をあまり刺激したくなかった。

着流しの町人風の男は、棚の陰に隠れたり顔を出したりしながら、もじもじとしている。その目が一心に神に注がれているので不審に思っていると、男はポッと頬を染めた。

「いい男」

瞬間、神は硬直してしまった。凍りついたその場の空気を察したのか、蜘蛛男が慌《あわ》ててちょんまげ男と兄の間に立った。

「気にしないでくださいっす。釜土守《かまども》りは男前に目がないんっすけど、害はないんで！」

「害ってなによ、失礼ね。あたしは男前を眺めてるだけで幸せなのよ！」

釜土守りは恥ずかしそうに棚の陰に隠れたまま怒っている。言葉が女口調なのはご愛敬《あいきょう》といったところなのか。

蜘蛛男にフォローされて安堵したのか、神はぎこちなく息を吐いた。

「九十九！　いるんだろ？　おもしろがってないで出てこい！」

若干キレ気味の神が店の奥に向かって声をかけると、クスクスと笑い声を忍ばせながら九十九がカウンターの向こうから出てきた。

彼は相変わらずほっこりする笑顔を浮かべて、手には紅茶のポットを持っている。なぜか姿はウサギとお揃《そろ》いのタキシードだ。

「ようこそ。枳殻《からたち》童話専門店へ。神も来たんだね。どういう風の吹き回しなのかな？」

神が睨んだが、九十九は意に介さずに視線を店の端に置いてあるテーブルに向けた。

「まぁいいや。今日はね、ちょうどティーパーティーでもしようかなと思ってたんだ。君たちが来てくれて嬉《うれ》しいよ」

「お前が勝手に弟たちを呼んだんだろうが。まったく油断も隙《すき》もない」

「ごめんごめん」

怒りを露にする神を受け流して、九十九は兄弟に向かって恭《うやうや》しく頭を下げた。

「さぁ、皆さん。どうぞおかけください。たいしたもてなしもできませんが、今日は楽しいお茶会としゃれ込もうじゃありませんか」

◇

「でも、深夜のこの店に人が来るのは久々っすねぇ」

嬉しそうな蜘蛛男の言葉で、零次はようやく不可思議なこの状況と向き合うことができた。

あまりのことに茫然自失《ぼうぜんじしつ》に陥《おちい》っていたが、目の前で起こっていることが尋常なことではないことを改めて認識し、ゴクリと喉《のど》を鳴らす。

(だって、この人たち……人間じゃないだろう)

そう。間違いなく彼らは人間ではないのだ。

神の横に座って流し目を送っている釜土守りは手を使わずに宙に浮かせたティーカップを器用に口元に運んでいるし、座敷童子はあっちこっちでプカプカと浮いて、はしゃいでいる。

普通の動物だと思っていたウサギは、相変わらずペラペラと喋っているし、蜘蛛男に至っては、なぜか天井に張りついている始末だ。それでは紅茶も飲めないだろうと思ったが、零次は口に出せなかった。

「驚いているねぇ……」

零次のカップに紅茶を注ぎながら、九十九が言った。

驚くどころの騒ぎではない。これは本当に現実なのか？

縋《すが》るように九十九を見ると、彼は神のカップにも紅茶を注ぎながら微笑《ほほえ》んだ。

「ここはね、真夜中にはあやかし用の童話専門店に変わるんだ」

「あやかし用……？」

ダイレクトに答えを突きつけられて、零次は言葉を反芻《はんすう》するしかなかった。

やはり彼らは物《もの》の怪《け》の類《たぐ》いなのか。

「蜘蛛男は名前の通り蜘蛛の化身。座敷童子は有名だよね？　家に憑《つ》くと幸福を呼んでくれる子供の神様とも言われてるんだよ？　釜土守りは……」

「あたしはね、商家の釜土に憑くあやかしよ。あたしが憑いた家の家業は大繁盛するんだから」

ちょんまげを撫《な》でながら、釜土守りが腰をくねらせた。

「み～んな、この店の常連なのよ」

「常連……？」

なんとも奇妙な話だ。あやかしが童話を読むのか。

「なんで童話を読むんですか？」

「あやかしだって、癒やしを求めてるんっすよ！」

「——そうだね」

蜘蛛男の言葉のあとを取るように、九十九が説明をしてくれた。

「最近は昔に比べて人間の純粋さがなくなってきたのか、あやかしの姿が見えない人が多くなってね……。それどころか、心を病んでしまっていて、知らないうちにあやかしを傷つけたりする人間もいるから、彼らには住みにくい世の中になっちゃったんだけどね……。それでもやっぱり、あやかしを癒やしてくれるのも人間なんだよ……」

「癒やすのも人間……？」

「そう。童話には作り出した作者の純粋な思いや、それを読む人たちの夢がたくさん詰まっているから、あやかしたちには心地がいいものなんだ。だから、まぁ言ってみると童話は手っ取り早いカンフル剤みたいなもので、童話を読むとあやかしたちの心が浄化されて、傷が塞《ふさ》がっていくんだよ」

「中には怖い童話もあるから、油断できないけどね！」

座敷童子が無邪気《むじゃき》に言った。

確かに、グリム童話なんかは本当の原作は怖いというから、そうなのかもしれない。

ようやく現実を受け止めて、零次が一口だけ紅茶を飲んだ時、小鳥のドアチャイムが音を立てた。つられて入り口を見た零次は大きく目を見開く。

例のずぶ濡《ぬ》れの男が現れたのだ。

男は今日もTシャツにジーンズ姿で、水滴がポタポタと床に落ちるほど濡れている。

「零次君がお待ちかねの彼が来た」

悪戯《いたずら》っぽく九十九が笑うが、待ちかねていたわけではないので、零次は顔を引きつらせた。

「ちょっと失礼するね。——いらっしゃい、水天《すいてん》さん」

零次たちに一言詫《わ》びて、九十九はフランス童話の棚に行った男のあとをついていく。なんとなく目で追っていると、男は一冊の童話に手を伸ばした。

「待って」

その腕を摑《つか》んだ九十九が、やんわりと目元を下げた。

「水天さんが本を持ったら、びしょ濡れになっちゃうでしょ」

そう言うと、九十九は男を手近な椅子《いす》に腰掛けさせて、自《みずか》ら童話を開いてやった。

「昔あるところに……」

お決まりの文句で九十九の読み聞かせが始まった。本を読むのは、きっと特別なのだろう。男があんなにびしょ濡れでは本を傷《いた》めてしまうし、男も読みづらいに違いないから、九十九は気を遣ったのだ。

零次たちも黙って九十九の声に聞き入る。落ち着いた声で九十九が語るのは、フランス民話の『美女と野獣《やじゅう》』だった。

野獣にされた男と、ヒロインの恋物語を描いたあまりにも有名な話だ。

濡れたままの男は、しばらく九十九の声を聞いていたが、やがてさめざめと泣き始めた。

「千香《ちか》さん……千香さーん」

女性の名前を呼びながら、しまいにはおいおいと声をあげて泣き出してしまったので、零次は心配になって釜土守りを見た。すると、釜土守りは呆れたように眉根《まゆね》を寄せて立ち上がった。

「水天ったら、まだ吹っ切れてないのね。まったく女々《めめ》しい男ねぇ」

「そう言ってやるなよ、純粋な恋だったんだから」

蜘蛛男が、うっすらともらい泣きをしながら天井から下りてきた。

「彼は水天といって、ここの川を根城にしている主なんす。雨の降る日にしか川から出られないんで、雨の日限定の常連客なんっすよ」

なるほど、だから零次が彼を見かけた時には必ず雨が降っていたのか。

「千香さんって誰？」

「千香さんは、川畔《かわはん》に並ぶ土産物《みやげもの》屋の看板娘なんっす。いつも朝早くに来て、川の清掃をしてくれるとてもいい子で、川の中からそれを見ていた水天さんは、彼女に恋心をいだいてたんっすけど、去年、彼女は嫁に行っちゃったんっすよ」

「嫁に……」

「しかも、瀬戸《せと》の花嫁よろしく、花嫁衣装を着て、川舟で水天さんの上を通っていったらしくて……」

「残酷よねぇ。イベントとはいえ、好きな女がお嫁に行く姿を川の中から黙って見てなきゃならなかったなんて……」

「あれ以来、水天さんは雨の日にこの店に来ては、ああやって九十九に『美女と野獣』を読んでもらってるんっすよ……」

「人外である野獣を受け止めて恋をするヒロインを、自分と千香さんに見立てて泣いてるのよ……」

しみじみと語る釜土守りと蜘蛛男に、憐《あわ》れみの眼差しを向けられながら、水天はまだ泣いている。

失恋男の悲しさは、あやかしも人間も同じらしい。

『美女と野獣』を読み終えた九十九は、泣いている水天を慰《なぐさ》めたあとにこちらに戻ってきた。

「彼だけにしていいの？」

「うん、彼は泣くだけ泣いたらスッキリして帰っていくからね。これでも元気になったほうなんだよ。千香さんが結婚した当初は、抜《ぬ》け殻《がら》みたいになってて、童話を聞くどころじゃなかったしね」

言いながら、九十九は椅子に腰を掛けた。

「これが、枳殻童話専門店と、雨の日の男の正体だよ」

そう言って九十九が片目を閉じるので、零次は苦笑いをしてしまった。

てっきりホラーなものだと思っていたので、なんだか滑稽《こっけい》とも感じる水天の人間味溢《あふ》れる姿には微笑ましささえ感じた。

失恋中の水天には悪いが、おかげで彼らが人でないとしても、なんとか受け入れられそうだった。

「ご近所さんは、この店のことを知ってるの？」

零次が尋《たず》ねると、九十九は首を横に振った。

「いいや。深夜零時を過ぎたら、この店の明かりは普通の人間には見えなくなるんだ。だから、ご近所さんもここが真夜中に営業してるなんて知らないんだよ」

「俺たちは見えてるけど？」

「うん、君たちは特別かな？」

「特別……？」

「君たち兄弟は、どうやら見える側の人間らしいからね」

「俺たち兄弟が？」

「そう。昔からそうだったよ」

「でも俺、こっちに来るまであやかしなんて見えたことないし……なぁ？」

「え？　ええ」

同意を求めると、彩佳は大きく頷いた。

きっと、他の兄弟たちだって見たことはないはずだ。

「東京はあやかしが少ないからねぇ、こっちにいた頃は君たちは幼かったから、見えていたことを覚えてないのかもね。でも、ここにはそれなりにあやかしがいるから、見える人には見えるんだよ。神なんか、小学生の頃に鬼ノ城《きのじょう》の山鬼《やまおに》に追いかけられたことがあるし」

「鬼ノ城？」

尋ねる彩佳に、九十九は笑みを向けた。

「総社市《そうじゃ》ってところにある昔の山城跡だよ。伝承では温羅《うら》っていう鬼が住んでたって言われてるんだよ。俺たちの通ってた小学校は、よくそこに遠足に行ってたんだ」

「山鬼って伝承じゃないの？」

「温羅は伝承。でも、あそこには本当に山鬼が住み着いてるんだよ。神はそこの山鬼を怒らせちゃってね」

「鬼を怒らせたのはお前だろうが！　お前が山鬼の子供を泣かせたりするから」

「そうだったっけ？」

「そうだ」

神が九十九を睨む。ようやく神と九十九の間柄を知ることができそうなので、零次は興味津々《しんしん》で身を乗り出した。

「やっぱり、神兄はあやかしのことを知ってたんだ」

「知ってたというより、こいつの顔を見たとたんに思い出したんだ……」

「美しい思い出がいっぱいあるよねぇ」

「嫌な思い出ばっかりだ！」

神はティーカップをソーサーに叩《たた》きつけた。

「お前ときたら、昔から人間よりもあやかしで、奴《やつ》らの困りごとにはすぐに首を突っ込んで俺を巻き込んでたんだ！　鬼ノ城の山鬼の件もそうだ。麓《ふもと》で迷子になっていた山鬼の子をお前が見つけてきたりなんかするから……！」

「うん。あの時は親のところに帰してあげようと、二人でがんばったんだよね。いい話じゃないか」

「よくない！　お前が途中で『親鬼が見つからなかったら、うちの子になりなよ』なんて言うから、不安になった子供がわんわん泣き出して、飛んできた山鬼に我が子をいじめていると勘違《かんちが》いされて追い回されるはめになったんだろうが！　おかげで山で迷ってしまって、蜂《はち》に襲われるわ、浅い崖下に転がり落ちて二人で怪我するわで大変だったんだ！　捜索隊が出動する寸前でなんとか先生たちに救出されたが、そのあとは大人たちにはこっぴどく叱《しか》られるし、クラスではしばらく迷子ネタで笑われるしで散々だった！」

「そんなことがあったっけ？」

「あっただろうが！　俺は、お前のその善人面に騙《だま》されて、あやかし絡みの被害をたくさんこうむってきたんだ！　しかも、お前の魔の手は俺だけじゃ飽き足らず弟にまで及んで……」

「魔の手ってなんだか凄《すご》く人聞きが悪いな……。俺、弟君になにかしたっけ？」

「しらばっくれるな！　お前は雪女の子供の遊び相手に零次を紹介しただろう！」

「——え？　俺？」

　思いもよらない話題に驚いて自分を指さす零次に、九十九は悪びれずに頷いた。

「うん。零次君は元気でかわいかったし。あやかしも見えてるようだったから」

「ふざけるな！　あやうく零次は雪が降り積もる大山《だいせん》の山奥に連れ去られるところだったんだぞ！　俺が気づいて、それだけはなんとか阻止《そし》したが、真冬に雪女が子供を連れてこっちに遊びに来てしまって……。零次もバカだから時間を忘れて雪女の子供と遊んでて、気づいたら凍死しかけてたんだ！」

「と、凍死？」

「——子供の頃からおバカだったのね、零兄さん」

　彩佳に一瞥《いちべつ》されて、零次はなんともいたたまれなくなった。幼少時のこととはいえ、雪女の子供と遊んでいて死にかけるなんて、さすがにバカだ。反論はできない。

「そ、そんなことがあったんだ。ごめん零次君。俺は良かれと思って、君を雪女に紹介したんだけど……」

　凍死のフレーズに衝撃を受けて落ち込んだ様子を見せる九十九に、神は問答無用と言い放った。

「お前は単なるあやかしバカなんだよ！　大人になって少しは成長してるかと思えば、こんな店まで始めてて……まったく変わってないどころか、あやかしバカに拍車がかかってるじゃないか！」

いろいろと嫌なことを思い出したのか、神は頭を抱えて呻《うめ》いた。

「とにかく、俺はお前とは関わりあいたくなかったんだ。何がほっこりさんだ。お前は俺にとって疫病神以外の何者でもないんだ！　離れられてスッキリしてたのに、どうして俺はこっちに帰ってきてしまったんだ。弟たちにまた危害が及ぶかもしれないと思うと、気が気じゃない……！」

今さら言ってもしょうがないことで神は苦悩しているが、気持ちは痛いほどわかった。それだけ子供の頃に迷惑をかけられていたら、誰でも九十九を避けたくなるだろう。

神が店に近づくなと頑《かたく》なに言っていた理由を理解して、零次は兄に同情の眼差しを向けた。

（本当に、そんなインパクトがある人間を、どうして神兄は忘れてたんだろう……）

当時、神は十歳前後だったとはいえ、これだけ強烈な記憶なら覚えていてもよさそうだが。

「――まぁ、しょうがないわよねぇ」

疑問を感じる零次の思考を遮《さえぎ》るように、釜土守りが神の背中に手を置いた。

「あなたたち幼なじみらしいけど、九十九ちゃんはあやかしバカで、神ちゃんは兄バカなんでしょ？　……相容れないバカ同士じゃ相性が悪いのも頷けるわよ」

身もふたもないことを言う釜土守りの右頬に、神の拳《こぶし》が入った。

これは殴られても文句は言えないだろう。しかし、あやかしを殴るなんて神ぐらいのものではないか。

我が兄ながらその豪胆《ごうたん》さを尊敬していると、九十九がゆっくりと立ち上がった。

神が積年の恨みをぶちまけたので、すっかりへこんでいたのだが、お茶請けのクッキーを忘れたと言ってカウンターの向こうに消えてしまった。

その後ろ姿に哀愁《あいしゅう》を感じて、零次は神の服を引っ張った。

「神兄、少し言い過ぎだって。当時のほっこりさんだって悪気はなかったんだし」

「悪気がないからって、殺されてもいいのか、お前は」

「それはそうだけどさ……結局俺は無事だったんだし……。ほっこりさんは神兄に再会できて喜んでたじゃん。あんまり責めたらかわいそうだろ。それに、今日ここに来た理由を忘れたのかよ。助けてもらいに来たんじゃないのかよ」

本来の目的を思い出させると、神は黙り込んだ。いつもは弟を導く側の神なのに、今日は零次と立場が逆転してしまっている。それほど九十九との因縁《いんねん》は深いのだろうが、ここは神に大人になってもらわなければならないのだ。

「神兄」

「わかった……」

神はようやく冷静になったのか、九十九が戻ってきてから咳《せき》ばらいを一つした。

「つ、九十九……いろいろ言ったが、俺はお前のあやかしバカなところは、ある意味長所だとも思っているんだ。一つのことに情熱を傾けることはそんなに悪いことじゃないしな」

（さっきまで散々あやかしバカとけなしておいて、そのフォローはないだろう）

零次はハラハラしたが、神はなおも続けた。

「お前が世話を焼いて助かったあやかしも多いだろうし。そこは評価してやってもいい」

「神……」

なぜか上から目線で褒《ほ》められているが、九十九は嬉しそうだった。照れながら紅茶をかき回す九十九に、神はため息をついた。

あっさりと機嫌をよくしてしまった九十九を、簡単な奴だとでも思っているのだろうか。

実際、零次もそう思ったから、きっとそうなのだろう。

「ところで九十九……。最近、うちで怪奇現象が起こっているんだが……」

「怪奇現象？　どんな」

「霊現象……というより怪異に近いんだ。俺はあやかし絡みじゃないかと思ってるんだが」

「あやかし絡みか……興味があるね」

九十九が目を輝かせて乗ってきたので、零次はこの人は本当にあやかしバカなんだなと呆れてしまった。神も神で九十九の性格を見抜いていてのこの流れなのだろう。

なんだかんだ言って、いいコンビなのかもしれない。

神が初瀬《はつせ》家で起きている異変を話すと、九十九は零次に視線を向けた。

「そういえば、本当に顔色が悪いね。零次君」

「寝てないから」

「かわいそうに……。なるほど、よくわかったよ、神。弟のためなら、この俺に頭を下げることも厭《いと》わないってことだね。さすが兄バカだ。昔の罪滅ぼしだとでも思って、喜んで協力させてもらうよ」

九十九がそう言うと、神はバツが悪そうに顔を逸《そ》らした。

一言多いっすよと蜘蛛男に突っ込まれていたが、九十九はなにがいけないのかわかっていないようだ。

（だめだ、この人天然だ……。やっぱり神兄とは水と油だ……）

ちょっとでも、いいコンビだと思った零次の考えは甘かったようだ。

「——でも、おかしいよね。頼子《よりこ》さんには家で怪現象が起こっているなんて聞いたことがないけどな。それって、ごく最近始まったことじゃないの？　零次君が夢を見だしたのはいつ頃？」

それでも九十九が協力してくれる気満々なのはありがたかったので、零次は問われるままに答えた。

「ええっと、確か蔵の掃除をしたあとだったような……」

「蔵の掃除？」

「ほら、ほっこりさんがケーキを持って家に来てくれた日だよ」

「ああ、頼子さんの命日」

「そう」

「その日、何か変わったことがなかった？」

「変わったこと？」

零次は尊《みこと》とこなした蔵掃除を思い出す。

「別に……蔵で自分たちが子供の時に使ってたおもちゃとか絵本とかを見つけたくらいで」

「子供の時に使ってたもの？　それだけ？」

「うーん……あ、そうそう。鏡を見つけた」

「鏡？」

「うん、漆塗《うるしぬ》りで桜柄の手鏡を見つけたんだ。それだけ子供が使う物じゃない気がして、不思議だったんだけど、あんまり綺麗《きれい》だから彩佳にやろうと思って。……そういや、渡すのを忘れてたな」

蔵の掃除が終わったあと、何気なく自分の部屋の机に置いたまま、すっかり忘れてしまっていた。

「もう、相変わらず粗忽《そこつ》ね。鏡なんて、たくさん持ってるから私はいらないわよ」

「……ああ、そう」

せっかくの兄の思いやりをあっさりと拒む妹のデリカシーのなさを恨めしく思っていると、何か思うところがあったのか、九十九が顎《あご》に手を当てて考える素振りを見せた。

「鏡ね……。結構それは重要かもしれないな……。ところで、零次君が夢に見る男の子ってどんな子なのかな？」

「えっと、三歳くらいで……ちょうど座敷童子と同じような格好をしていたような……」

「――人童子《ひとわらし》だ！」

零次の声を遮るようにして、いきなり座敷童子が叫んだ。

「人童子？」

戸惑う零次を無視して、あやかしたちが騒ぎ始める。

「そうよ、きっと人童子よ！　あの子、生きてたのね！」

「マジっすか！　本当にあの人童子なんっすか？」

「人童子？　……それは本当なのかい？」

千香さんを思って泣いていた水天まで顔をあげてびっくりしている。

いったい人童子とはなんなのだ。

事情のわからない兄弟たちはただただ困惑するばかりだ。

「なるほどね……」

歓声をあげるあやかしたちの中で、九十九は嬉しそうに口角をあげた。

「だいたいわかってきたよ、神」

「――？」

「君たちの家に行こう。人童子と……それから、頼子さんを救わなきゃならない」

そう言うと、九十九は瞳に強い光を宿した。

第五頁

五粒のえんどう豆

真夜中の我が家に、兄弟は九十九《つくも》を連れて帰ってきた。なぜかあやかしたちもゾロゾロとついてきたのはいただけなかったが、人童子《ひとわらし》に会いたいという彼らの熱意に押された形で招待することになったのだ。ちなみに水天《すいてん》さんには家がびしょ濡《ぬ》れになるのでお帰りいただいた。

客間に彼らを待たせておいて二階に上がると、零次《れいじ》は手鏡を持って戻った。

「この鏡だよ」

九十九に手渡したとたん、神《じん》が何かを思い出したような表情を見せた。

「この鏡……俺と悠貴《ゆうき》が母親にプレゼントした鏡じゃないか？」

「え？　そうなのか？」

「ああ。確か悠貴と小遣いを出しあって、川畔《がわはん》の店で買った鏡をプレゼントしたような……。母親の誕生日だと思ったが……」

予想外の言葉に零次は目を丸くする。

だから、この鏡は子供たちの物を詰め込んだダンボール箱の中に入っていたのか。

「頼子《よりこ》さんは、子供たちの思い出と向き合うのが辛《つら》かったんだねぇ……」

九十九がそう言うので、兄弟たちの心は母へと向き始めた。最初は子供たちの物を倉に放り込むなんて酷《ひど》いと思いもしたが、まともに見ることもできないほど辛かったのだとしたら、それもしかたがなかったのかもしれない。

「芯《しん》が強い人だったけど、本当は繊細で脆《もろ》いところもあったからね……」

九十九は目を伏せて、まるでノックでもするようにコンコンッと鏡を叩《たた》いた。

「いるのかい？　人童子」

そう呼びかけると、鏡が淡く光り始めた。あやかしたちが鼻息を荒くして、一斉に鏡を覗《のぞ》き込む。

「──人童子！」

座敷童子《ざしきわらし》の声に応《こた》えるように、鏡の中からゴンゴンと音がした。不思議なことに、鏡の内側では小さな男の子が必死にガラスを叩いていた。

「人童子よぉ！」

「うおおお、こんなところにいたんっすかぁ！」

童子の姿に歓喜するあやかしたちを立てた人差し指で黙らせて、九十九は鏡に向かって静かに語りかけた。

「十三年ぶりだね、人童子。心配してたよ」

九十九が言うと、人童子は鏡の中で涙を流し始めた。人童子のほうも九十九やあやかしたちとの再会を喜んでいるようだ。

これはどういうことかと九十九に尋《たず》ねると、彼は兄弟に言った。

「この子は人童子っていってね、座敷童子とは親戚みたいなものなんだ……。座敷童子は家に憑《つ》くあやかしだけど、人童子はその名の通り人に憑くあやかしでね」

「人に憑くあやかし?」

「覚えてないかな、神。人童子は頼子さんに憑いてたんだよ?」

「母親に?」

「そう。幼い頃の君たちは見えていたはずだけど」

「……そういえば」

ぼんやりとした記憶をたぐり寄せるように神が言った。

「母親の周りをチョロチョロしていた子供がいたような……」

「人童子は純粋な人にしか憑かないんだ。お母さんがそれだけ心の綺麗《きれい》な人だったから、君たちはあやかしが見える目を持って生まれてきたのかもね」

「……」

思わず零次は鏡を覗き込んだ。自分には人童子の記憶がないのがなんとなく残念だった。

「けど、なんで人童子は鏡の中に入っちゃったんだ？」

「うん、それだよね。君たちが引っ越していってから人童子の姿がまったく見えなくなったから心配してたんだけど……まさかこんなところに閉じ込められてたなんてね」

「じゃあ、この家の怪異をもたらしてたのは、この人童子？」

「君たちが蔵から鏡を持ち出してくれたから、人童子も嬉《うれ》しかったんじゃないかな？　僕はここにいるよって気づいてもらおうとしてたのかもしれないね」

九十九の言葉にあやかしたちは激しく頷《うなず》いた。

「人に憑くあやかしは、人の精神状態に凄《すご》く左右されるんっすよ」

「鏡は元々、あやかしを封じちゃう要素があるから、運悪くこの手鏡に頼子さんの心が取り込まれちゃって、人童子を閉じ込めちゃったのかもしれないわねぇ」

「たぶん、頼子さんは鏡を見ながら子供たちを思って毎日泣いてたんじゃねぇか？　そして、ついには自分の心も閉じてしまった。だから、人童子は頼子さんに憑いていられなくなったんだ」

あやかしたちの説明に、零次は複雑な感情を抱いた。

「そんなに子供たちが大切だったんなら、好きな男のもとに走るなんてしなきゃよかったんだ」

思わず零次が苛立《いらだ》ちを吐き出すと、九十九が神をちらりと見た。

「それなんだよね。……離婚の原因は、本当に頼子さんに好きな人ができたからだったのかな？　俺にはどうしてもそうは思えないんだけど。何か知らない？　神」

九十九に問われた神は、弟たちに目をやった。その表情がなにかを迷っているように揺れていたので、零次は驚く。

「神兄？　やっぱり何か知って……？」

「……お前たちにはいろいろと説明しづらいんだが……」

「なんだよそれ。俺たちはもう子供じゃないんだから、知ってることがあるなら教えてくれよ」

真剣に零次が言うと、神は覚悟を決めたように頷いた。

「……そうだな。本来なら父さんから直接聞いたほうがいい話だが、海の向こうだしな……」

「うん」

「俺も最近になって父さんに聞いた話だから、詳しいことまではわからないんだが、一年前に母親が亡くなった知らせを受けたあとに、父さんはいてもたってもいられなくて一度だけここに帰ってきたらしいんだ」

「父さんが？」

別れたとはいえ、元は夫婦だったのだ。亡くなった妻の墓参りをしてもおかしくはない。

「その時に父さんは冠西《かんさい》さんに十三年前の話を聞いたらしい。母さんは、仲が良かった冠西さんにだけは、離婚した本当の理由を話してたんだ」

「冠西のおばちゃんに？」

二人は親友とも呼べる間柄だったらしいから、母はそういうプライベートなことも冠西のおばちゃんに相談していたのだろう。

兄は零次たちの顔を見て、少しだけ躊躇《ちゅうちょ》していたが、やがて自分の知っている真実を話し始めた。

十三年前、母は自分の母親、つまり祖母が経営している店の借金の保証人になっていたらしいのだが、祖母は店の経営に失敗して、多額の借金を負うはめになってしまったのだという。そんな時期に、父の転勤の話が出てしまった。

東京への栄転だったのだが、母はこれから出世の道を確実に上がっていくだろう父の将来を思って、借金のことを言いあぐねていたらしい。額も額だったので父や子供たちの足枷《あしかせ》にはなりたくないと悩んでいる時に、絶縁《ぜつえん》しているはずの父の両親が、母の前に現れたのだという。

嫁の親から借金のことで泣きつかれた父の両親は、母にこう言い放った。

『借金を肩代わりするかわりに、息子と別れろ』と。

もちろん、このことは父には内緒にするという前提だったらしい。

母は散々悩んだ末、苦渋の決断でその条件を呑《の》んだのだという。

母一人子一人の母子家庭で育った母は、苦労して自分を育ててくれた祖母を見捨てることは、どうしてもできなかったのだ。

祖母のために離婚を決意した母は、好きな人ができたと父に嘘《うそ》をついた。そうでも言わなければ、父は離婚に同意しないと思ったのだという。それでも父は納得しなかったようだが、泣いて頼む母に根負けして、離婚届に判を押したらしい。

不審には思っていたのだが、父は日に日に元気をなくしていく母の姿を見ていられなくなったらしい。自分といることで母が苦しんでいるのならば、理由はどうあれ別れてやることが自分にできる唯一のことだと思ったようだ。

真実を知った時、父は泣いたという。あの時は母の『嘘』を信じてやることしかできなかった。自分はまだまだ若かったのだと己《おのれ》を責めていたようだ。

母と離婚したことで、実家からの勘当は一度解けたのだが、まもなく父は、祖父の勧める相手と無理やり再婚させられそうになったらしい。

そのために子供たちと離れることを強要された父は、それを断固として拒否した。母も失い、そのうえ子供たちとまで引き離されるなんて、父には耐えられなかったのだ。もちろん、まだ母を愛していたので、その気になれなかったのもあるのだろう。

強い意志で再び祖父に逆らった父は、今度こそ完全に親子の縁を切られてしまったらしい。

事実、零次たちも物心ついた頃から父方の祖父母とは一度も会ったことがないので、彼ら親子の確執はとても根深いのだろう。

結局、強引に父と母を別れさせた祖父たちの行動は、無意味に終わってしまったのだが、祖父は母の借金だけは約束通り肩代わりをしてくれたようだ。

母は、子供たちは父の裕福な実家で幸せに暮らしていると信じていたらしい。それでも、自分の勝手で子供の手を離してしまったことは許されることではない。自分は酷い人間だと、母はずっと苦しんでいた。

その負い目からか、母は蔵に子供たちの思い出を封印し、あの小さな喫茶店《きっさてん》でがむしゃらに働いて、少しずつ祖父に借金を返していたという。そうすることで、子供たちのことを忘れようと努力していたのだ。

幸せに暮らしているはずの子供たちの前に現れないことが、唯一の罪滅ぼしだと信じて。

岡山の祖母が亡くなってからは、母はこの家でたった一人で生きてきたらしい。去年の春に病気で亡くなった時、看取ってくれたのは、冠西のおばちゃんだけだったという。

「そんな……」

衝撃的な事実に、零次も彩佳《あやか》も言葉を失った。

自分たちは、今まで母親のことは考えないように生きてきた。母親なんかいなくても、充分幸せに生きていける。そう思って、わざと思考から切り離して暮らしてきたのだ。

それなのに、そんな事実を知らされたら、自分の構築してきたアイデンティティーがすべて足下から崩れていくような気分だ。

「父さんはもの凄く後悔してたよ。なんの力にもなってやれなかったって。頼子を愛していたのに、なぜあの時、強引にでも事情を聞き出せなかったんだって……。自分の弱さと、母さんを信じ切ってやれなかったことを悔やんでた」

「……」

「お前たちにも時期を見て話そうと思ってたんだ。だけど、今じゃないと思ってた。苦労して一人で死んでいった母親のことを知ったら、お前たちは絶対に胸を痛めるだろう？」

「神兄……」

「神兄さん、もしかしてだけど、だから岡山に移住しようなんて思ったの？」

彩佳の言葉に、零次はハッと目を見開いた。

「そうなのかよ、神兄」

兄は、母親の苦労の結晶である店と家を守りたくて、ここへ帰ってきたのだろうか。

「そうだな。子供として俺にできることはそれだけだからな。……でも、理由はそれだけじゃないよ。前に零次にも言ったけど、店を持つことは俺の夢だったし、父さんの海外赴任もあったしな。あらゆる条件が揃《そろ》ったから、ここへ来たんだ」

「神兄……」

胸が締めつけられる思いがした。神が母親の真実を黙っていた理由は、本当はそこにあるのではないだろうか。重たい現実を背負って生きるのは、自分だけでいい。弟たちには母親のしがらみを感じずに生きていってほしいなんて、優しいことを考えていたのではないだろうか。

「神兄さん！」

感情を抑えきれなかったのか、彩佳は兄に抱きついた。神は妹の頭を撫《な》でながら目を伏せる。

「黙ってて悪かったな。母さんは、ずっと俺たちのことを思ってくれてたんだよ」

「うん」

自分たちの世界には母がいなくて当たり前だなんて、なんて思い上がった残酷なことを思っていたのだろう。

母の世界には、いつまでも子供たちがいたというのに。

母の存在が自分の中で大きくなるにつれ、零次は鏡の中の人童子のことが気になってしかたがなくなった。

閉じ込められた人童子は、行き場のなくなった母の心そのものに思えた。

「どうしたら、人童子を鏡の中から出せるんだろう?」

いてもたってもいられなくて九十九を見ると、彼は眉を下げた。

「人童子をここに閉じ込めてしまった原因、つまり頼子さんの心を解放してあげないとね」

「母さんの?」

「たぶん、頼子さんの心は亡くなった今でも君たちを手放してしまった十三年前のままなんだよ。閉じてしまった心を開いてあげないと」

「でも、どうやって?」

どうすればいいのかまったく見当がつかない。ずっと離れていた母の心なんてどうやって開いたらいいのだ。

「――待って、人童子が何か言ってるわよ」

釜土守《かまどもり》りが手鏡を指さして声をあげた。見てみると、人童子は鏡の中でパクパクと口を動かして何かを言っている。

「えんどう豆？」

その言葉を読み取った九十九に、零次はハッとした。

えんどう豆といったら、あれしかない。思えば人童子は零次の夢の中でもえんどう豆の本を読んでいたではないか。

「ちょっと、待ってて！」

急いで自分の部屋に戻ると、零次は九十九からもらった五粒のえんどう豆の絵本を待ってきた。

「この本のことじゃないかな」

「アンデルセンの五粒のえんどう豆？」

なぜ、この絵本なのかわからないが、零次は九十九に差し出した。九十九は絵本を鏡に向かって広げてみせる。

「人童子、このお話のことかい？」

するとと、人童子は首を強く横に振った。

違うと言っているのだ。

「そんな。じゃあ、えんどう豆ってなんなんだ」

「――よくわからないが、零次が読んでいた絵本じゃないとダメなんじゃないのか？」

零次は思わず神を凝視してしまった。

「そうだ。夢の中の人童子が読んでいた絵本は、俺の持っていたものだった……。でも、あの本だけ蔵にはなかったんだ」

「蔵になかった？」

「じゃあ、捨てられてるってことか？」

眉を寄せる神に、九十九が首を傾げた。

「違うんじゃないかな？　子供たちを忘れるために捨ててもいいものを、頼子さんはわざわざ蔵にしまってたんだろ？　そんな人が子供が一番大切にしていた絵本を捨てるかな？」

「じゃあ、なんで五粒のえんどう豆だけがないんだよ」

「それは……」

見当がつかずに皆が押し黙っていると、不意に仏間から音が聞こえた。

カタカタ……。

まるで誰かが仏壇《ぶつだん》を鳴らしているような、いつもの怪奇現象だ。

「そういえば、しきりに仏壇のある部屋から音がするって言ってたよね？」

九十九は何かを閃《ひらめ》いたように顔を明るくさせた。零次が頷くと、九十九は立ち上がった。

「ほっこりさん？」

仏間に向かっていった九十九を皆で追うと、彼は神に断って仏壇の横にあるタンスを指さした。

「神、よければあのタンスを調べてみてくれないか？」

「わかった」

まだ仏間のタンスは整理をしていなかったなと呟《つぶや》きながら、神は引き出しを開けていく。

すると、二段目にある小さな引き出しの取っ手がカタカタと鳴った。

「ひえっ」

声をあげて、零次は九十九の後ろに隠れる。てっきり、今まで仏壇が鳴っているのだと思っていたが、どうやら音を立てていたのはタンスの取っ手だったらしい。

「そこ、開けてみて！」

九十九に言われて、神は引き出しを開けた。

「書類？」

そう言って神が取り出したのは、病院関係の諸々《もろもろ》の書類だった。

九十九は神から書類を受け取り、一枚一枚確認していく。

「なるほどね。きっと、頼子さんはこれを知らせたくてタンスの音を鳴らしてたんだ」

「え？」

ちょっとホラーなことを言われたので零次が怯《ひる》むと、彼は満面の笑みで兄弟を見た。

「絵本は捨てられたんじゃない。むしろその逆だよ。頼子さんは肌身離さずに五粒のえんどう豆を持ってたんだ！」

そう言って九十九が見せたのは、病院の入院申込書の写しだった。

◇

夜が明けてから、零次たちは悠貴と尊《みこと》を伴って、書類に記されていた病院に向かった。

店のことやあやかしたちのことを話すと、二人はとても驚いていたが、神の言うことならばと結局は納得してくれたようだ。

長兄がくだらない嘘を言うはずはないし、家で起こっていた怪異に二人とも遭遇していたので、現実として受け止めやすかったのだろう。

夜明けとともにあやかしたちにはお帰りいただいたので、二人に会わせることはできなかったが、機会があれば釜土守りや蜘蛛男《くもおとこ》たちと顔を合わせることがあるのかもしれない。

「ここだよ」

兄弟たちは、九十九の案内で天領《てんりょう》中央病院を訪れた。

この病院は倉敷《くらしき》市街地にある小さな総合病院だ。病にかかっていた母は、ここで息を引き取ったらしい。

病院に入って事情を話すと、最初は個人情報うんぬんと渋られたが、五粒のえんどう豆の話をしたとたん、応接室に通してくれることになった。

六人でしばらく待っていると、若くて目鼻立ちのはっきりした女性の看護師が現れた。聞けば看護師長だというから、若く見えるだけで、歳《とし》はそれなりに重ねているのかもしれない。

「お待たせしました。この本ですよね？」

看護師長は兄弟に一冊の絵本を見せた。表紙には五粒のえんどう豆が仲良く並んでいる。装丁も緑色で零次の記憶にある本とまったく同じだった。

「そうです。これです！」

宝物に巡り合えたような気分で零次は本を受け取った。すると、すぐに異変に気づいた。表紙は固いダンボールに紙を貼ったもので、イラストも手描きだ。中の文字も油性のペンで書かれた手書きの文字だった。

きっと母の字だと零次は確信した。

「手作り絵本だったのね」

絵本を覗き込んだ彩佳が意外そうに言った。

本屋で売っている本とは比べ物にならないが、絵本は十三年たってもしっかりしていて、読むだけなら申し分ない立派なものだった。

「有川《ありかわ》さんは、入院中もずっとこの絵本を大事にされてたんですよ」

母を旧姓で呼んで、看護師長は微笑を浮かべる。

「毎日飽きることなく絵本を開いていて、しまいには入院している子供たちにも読み聞かせをしていました。この本を自分が亡くなったら小児病棟に寄付してくれとも言われてて……」

「寄付？」

「ええ、でもそのお話はアンデルセンの五粒のえんどう豆のお話とはちょっと違うでしょ？　それに、手作りで特別なもののようだったから、お断りしたんです。そうしたら、小児病棟で預かっていてほしいと言われて……そして、もしこの本を欲しがるようなお子さんがいたら、喜んで譲ってほしいと言われたんです。有川さんは自分がいなくなったら、この絵本が誰にも読まれなくなってしまうのではないかと、とても心配していました……。そこまでこの絵本に執着している理由は私たちに言われなかったけど、今日ようやくわかりました。五粒のえんどう豆って有川さんの息子さんたちのことだったんですね」

看護師長は零次から本を受け取ると、数頁《ページ》めくって机の上に広げた。

そこを読んだとたん、零次は溢《あふ》れる涙を止めることができなくなった。

『一番目のえんどう豆は、広い広い世界を見に旅立ちました。

二番目のえんどう豆は、お日様に近づいてお友達になることに成功しました。

三番目のえんどう豆は、鳩《はと》と仲良くなって、お空を自由に飛んでいます。

四番目のえんどう豆は、きれいな川をずっとずっと泳いでいって、とうとう大きな海へとたどり着いたのです。

五番目のえんどう豆は、女の子の部屋の窓辺ですくすくと成長して病気の女の子を元気にしました。

しばらくすると、バラバラになっていたえんどう豆たちが五番目のえんどう豆がいる少女の家へと集まってきました。

「僕は広い世界を旅してきたよ。すごく楽しかったよ」

「僕も太陽さんといろんな話をしたよ。お日様をいっぱい浴びてえんどう豆がたくさん育つように、これからもがんばってくれるんだって」

「僕も大空を飛び回ってきたよ！　空はすごく広くて気持ちがいいんだ！」

「わたしも、海をたくさん泳いできたわ。海って青くて大きくてお魚がとてもきれいなの」

五番目のえんどう豆は、上のえんどう豆たちが、楽しく話すのをおもしろそうに聞いていました。すると、一番目のえんどう豆が言ったのです。

「でも、やっぱり五粒一緒がいいね」

するとほかのえんどう豆たちも口々に言いました。広い世界を旅するのは楽しかったけど、やっぱり五粒一緒がいいと。

四粒のえんどう豆たちは、五粒目のえんどう豆の隣の土に飛び込むと、次々と芽を出しました。

仲良く並んで成長していくたくさんのえんどう豆を見て、女の子はますます元気になっていきました。

こうして、五粒のえんどう豆たちは女の子の家で、いつまでもいつまでも仲良く幸せに暮らしましたとさ』

零次は、ようやくこの絵本が大好きだった理由を思い出した。これは、五人の兄弟にいつまでも仲良くいてほしいと願う母の思いが詰まった絵本だったからだ。ちょうど絵本を読む時期だった零次が、たまたまよく読んでいただけで、この絵本は兄弟みんなのために作られた本だったのだ。

「彩佳、ドブに落ちなくてよかったな」

「なによそれ」

鼻をすすりながら言うと、彩佳は涙声で零次の背中を叩《たた》いた。

「頼子さん、この本だけはどうしても蔵に入れられなかったんだねぇ」

九十九が二人の頭を撫《な》でながら呟く。

「頼子さんにとって、この本は五人の子供そのものだったんだろうね。きっと、君たちにこの本を見つけてほしかったんだよ」

いつまでも兄弟仲良く、幸せに暮らしてください。

それは、母が兄弟たちに遺《のこ》したたった一つの言葉だったのかもしれない。

◇

病院を出た兄弟たちは、その足で母の眠る墓地へと向かった。

持参してきた手鏡を墓地に置き、みんなで手を合わせたあと、九十九は鏡に向かって語りかけた。

「人童子、聞こえてる？　今、助けてあげるからね」

鏡からはなんの反応もなかったが、九十九は手作りの絵本を開いた。

「あるところに、一つのさやに収まった五粒のえんどう豆がありました……」

世界にたった一冊しかない五粒のえんどう豆の話が、九十九の声で朗々《ろうろう》と語られていく。

昨日、水天さんに読み聞かせをしていたように、九十九は、眠る母と人童子、そして兄弟たちに読み聞かせながら、ゆっくりと頁をめくっていった。

低音で柔和《にゅうわ》な声が、桜が舞う風の中に溶けていく。

兄弟は九十九の作り出す夢の世界に入り込んでしまった。

母へのわだかまりや、頑《かたく》なだった思いが次第になくなっていく。

九十九が最後の頁を読み終える頃には、兄弟の心にはしっかりと母という存在が刻み込まれていた。

すると、不思議なことが起こった。墓前に母の姿が見えたのだ。

淡い緑色のワンピースを着た綺麗な女性だった。どことなく彩佳に似ていて、血の繋《つな》がりを感じさせる。幽霊嫌いの零次だったが、不思議と彼女は怖くなかった。

「母さん？」

彩佳が呟くと、母は笑みを浮かべて鏡に手を差し出した。

「頼子さん、人童子を呼んでくれるんだね」

九十九は手鏡を手にして、母へと向けた。

「出ておいで」

九十九がそう言うと、淡く光った鏡から着物を着た少年が飛び出てきた。

「うわっ！　うわぁ、出れた！　僕、あそこから出られたんだ！」

人童子は大声で叫びながら、母の霊に飛びついた。

母は人童子を抱きしめて、静かに目を伏せた。

『ごめんなさい、あんなところに閉じ込めてしまって。……寂しかったでしょう？　怖かったでしょう？』

母の言葉に、人童子は首を横に振った。

「寂しくて怖かったのは頼ちゃんだよね」

人童子が言うと、母は泣きそうに顔を歪《ゆが》めた。

「だから、強くなろうとしたんだよね。必死に子供たちのことを忘れようとしたんだよね」

心に頑丈な鍵《かぎ》をかけて、頑ななまでの決意で母は生きてきたのだ。結果、母は純粋な心をなくしてしまった。だから、人童子は鏡に封じられてしまったのだ。

そんなことになってまで、母は一人で踏ん張っていたのかと思ったら、なんだか泣けてきた。

零次はいてもたってもいられずに母に声をかける。

「もう一人じゃないよ！　俺たちがいるよ」

『……』

「墓参りだって欠かさず来るよ！　あの家も大事にする！　な、神兄」

「ああ」

頷く神の声が心強く感じて、零次は涙をぬぐった。

長男が同意してくれたのだから、この約束は五人が共にいる限り、破られることはない。

「それから……五粒のえんどう豆、作ってくれてありがとう。母さん」

心からそう告げると、母は涙を一筋流して頷いた。

『ありがとう……』

母はそう唇《くちびる》を動かすと、光に溶け込むように消えていった。

最後に見た母の涙と笑顔は、五人とも一生忘れないだろう。

母親への思いを頑なに閉ざしていた兄弟たちの心が、十三年ぶりに母へと繋がった瞬間だったのだから。


墓地から駐車場までの道。桜が舞う中を、兄弟は並んで歩いた。

なんとなく、今は誰とも離れていたくない。そう思うのは零次だけではないだろう。

「九十九」

数歩あとからついて来ている九十九を、神が振り返った。

「ん？」

九十九は見上げていた桜の木から目を離さず、神の声に応える。人並み外れた美貌《びぼう》なだけに、その風情はさながら桜の精のように見えた。

「一応、今回のことには礼を言っておく」

ぶっきらぼうに神が言うので、九十九はゆっくりと視線を下ろした。

「お礼なんていいよ。君たちには借りがあるしね」

「大きな、な」

神が零次の頭をポンッと叩く。

暗に、凍死しかけた事件のことを言われているのだと感じて、零次は肩身が狭くなった。

自分の問題がこの二人の間で根深い痼《しこ》りになっているのだと思うと、自分に非はなくとも申し訳ない気持ちになる。

それでも、神が九十九に礼を言ったことは嬉しかった。それはそれ、これはこれだと神も思っているのだろう。

（この調子で神兄とほっこりさんの関係が修復されればいいんだけど）

そう思っていると、神が苦い顔をして零次の胸を指さした。

「ところで九十九、これはなんだ？」

零次の胸には、なぜかしっかりと人童子がしがみついていた。どんなに引き離そうとしても離れないので、このままの状態で帰路についているのだが、どうにも違和感がぬぐえない。

「人童子は純粋な人に取り憑くんだよねぇ……」

九十九が困ったように笑った。その能天気な笑顔が許せなかったらしく、神の眦《まなじり》が吊《つ》り上がる。

「ってことはなにか？　このあやかしが零次から離れないのは、取り憑く相手に零次を選んだってことなのか？」

「はあああーっ？」

とんでもないことになって、零次は悲鳴をあげた。あやかしに取り憑かれるなんて、自分の人生プランには入ってない。

どうしていいかわからずに、胸元の人童子を見下ろすと、幼い姿のあやかしは、ニコッと愛らしい笑顔を向けてきた。

「零次、好き！　一緒にいる！」

「嘘だろ……」

「零次君と波長が合っちゃったんだね……」

九十九の言葉がどこか遠くで聞こえる。目眩《めまい》を感じて神に救いを求めると、神も困惑したように人童子を凝視した。

「どうするかな……」

悪いあやかしでないことはわかっているので、神も判断がつきかねているようだ。九十九は九十九で、兄弟に手を合わせて人童子を頼むと懇願《こんがん》してくるので、助けてくれる気はなさそうだ。

「これだから、あやかしと九十九に絡むとろくなことがないんだ」

半ば八つ当たりに近いことを神が呟くと、その手を人童子がキュッと摑《つか》んだ。

「なんだ？」

不審げな神に、人童子は嬉しそうに頰《ほお》を染めた。

「……帰ってきてくれて、ありがとう神」

「？」

「きっとここに帰ってきてくれるって、僕は信じてたよ」

真摯《しんし》な瞳《ひとみ》でそう言って、人童子は零次から神の胸に飛び移った。

人童子の言っている意味がわからずに、零次は神と顔を見合わせる。

なんだろう。なんだか神にとってよくない答えがそこにあるような気がして、零次は頰を引きつらせた。

「とりあえず……帰ろっか」

イヤな予感を胸に秘めたまま零次が促《うなが》すと、神は難しい顔をしたまま頷いた。

どうやら、もう一波乱ありそうだが、ここは墓場だ。無用な騒ぎを起こしたくはなかった。

第六頁 深夜の宴

耳に馴染《なじ》む澄んだ音色を聞きながら戸を開けると、そこは相変わらずの別世界だった。

真夜中の枳殻《からたち》童話専門店は、いつも通りの賑《にぎ》やかさだ。

人童子《ひとわらし》を連れて店を訪れた零次《れいじ》は、それぞれの場所で童話を読んでいるあやかしたちに声をかけた。

「こんばんはー」

あやかしたちが一斉にこちらを見る。皆は笑顔をはじけさせて零次に駆け寄ってきた。

「人童子、零次、元気だったたっすか?」

「やだ、人童子ったら顔色が悪いみたいね。あんた、十三年も閉じ込められてたんだから無理しちゃダメよ。みんなにちゃんとかわいがってもらってるの? いじわるされたら、あたしに言いなさいね」

「人童子、遊ぼう遊ぼう!」

あやかしたちが小さな人気者を取り囲むと、人童子は恥ずかしそうに零次の後ろに隠れた。その手をとって、座敷童子《ざしきわらし》が人童子を引っ張り出す。

そのまま人童子は座敷童子と共に駆けていった。

「——いらっしゃい」

童子たちの姿を親のように目で追っていると、ウサギを抱いた九十九《つくも》が声をかけてきた。

今日はさすがにウサギとお揃《そろ》いのタキシードは着ていないようだ。

「人童子を連れてきてくれて、ありがとう。零次君」

「いやぁ、人童子もみんなに会いたがってたし」

「人童子との暮らしには慣れた？」

「う〜ん、まぁ」

零次は首を傾けて苦笑いをした。

手鏡から解放されて自由になった人童子は、やはりあれから零次に取り憑《つ》いてしまった。

まさか、あやかしに取り憑かれるはめになるとは思っていなかったので、零次は困り果てたが、九十九が熱心に人童子と一緒に懇願《こんがん》するものだから、受け入れざるをえなくなったのだ。

「人童子はね、昔は零次君とよく遊んでたんだよ。だから、いま一緒にいられて嬉《うれ》しいんじゃないかな？」

「へぇ……。まぁ、いたずらされるわけじゃないし……いいけどね」

あやかしに取り憑かれるのは予想外だったが、弟が一人増えたと思えば、たいしたことはないと思えるようになっていた。

実際、人童子は大人しく零次の側にいて、ニコニコしているだけなので害はなにもない。最近では、口が悪い実の弟妹《ていまい》たちよりもかわいいと思う始末だ。

「今日は神《じん》ちゃんはいないのねぇ？　残念」

釜土守《かまども》りが『白雪姫』を片手に、がっかりした顔で通り過ぎていった。

その本を読んで、何を妄想しているのだと問いたかったが、想像するだけで恐ろしいのでやめておく。

「お茶を飲むかい？」

九十九に言われて、零次は頷《うなず》いた。

例のテーブルでしばらくお茶を飲みながら、遊んでいる人童子を眺めていると、向かいに腰掛けていた九十九が、ふと顔を曇《くも》らせた。

「大丈夫かな人童子。釜土守りが言うとおり少し元気がないね」

「あー、うん。わかる？」

よく笑う座敷童子と比べて、人童子は笑顔が少ない。時々しょんぼりとして、零次をうかがっているので、なにかあったのは、一目瞭然《りょうぜん》だった。

「たいしたことないんだよ。ちょと、神兄に叱《しか》られちゃって」

「神に？　どうして」

九十九が目を瞬《またた》いて聞いてくるので、零次は一瞬迷ったものの、正直に話すことにした。

「ほっこりさんさ、十三年前に俺たちが引っ越しした時のことを覚えてる？」

「うん、もちろんだよ。あの時は悲しかったなー。君たちが乗った車をいつまでもいつまでも見送っていたからね。今思えばドラマみたいだよね」

「その前にさ……神兄に何か言われなかった？」

「なにか？」

九十九は両腕を組んで考え込んだ。そしてあっと言って顔を上げる。

「言われた言われた」

九十九は懐かしそうな、そして少し悲しそうな表情で思い出を話し始めた。

神の両親の離婚が決まり、引っ越してしまう当日だった。兄弟と離れることがあまりにも悲しかった九十九は、お別れを言いに向かいの家を訪れたのだ。

『行っちゃうんだね。神君』

半泣きの九十九を、神は仏頂面《ぶっちょうづら》で迎えたという。それでも九十九はめげずに言ったのだ。

『僕、神君たちのことを忘れないよ！　またいつか帰ってきてくれるよね？』

『帰らない』

『え？』

『俺は、お前がここにいる限り、絶対に帰ってこない！』

そう言い放ち、神は戸を閉めてしまったという。

「いやー、あの時はびっくりしたけど、神も照れてるのかと思ってさ」

どうしてそういう発想になるのかと、零次は九十九のポジティブさにどん引きしてしまった。

はたから聞いても、それは神からの完全な決別宣言ではないか。

「ほっこりさんってさ、本当に神兄が好きだよな」

「うん、幼なじみだからね。昔から神は面倒見がよくてさ、俺も子供ながらにいろいろとお世話になってたし」

一方通行すぎる友情に、零次は笑ってしまった。

あの時神は、零次が凍死しかけた件で、九十九に凄《すご》く腹を立てていたのだという。両親の離婚で心が荒《すさ》んでいたこともあって、能天気な九十九の笑顔がどうしても許せなかったらしい。それでつい、酷《ひど》い言葉で彼を拒絶してしまったようなのだが、それを聞いてショックを受けたのは、九十九ではなく人童子だったのだ。

「人童子ね。ほっこりさんがいると、俺たちがここに帰ってこないって思ったらしくて、そんなの嫌だから、神兄からほっこりさんの記憶をなくせば、いつか帰ってきてくれるんじゃないかって思ったらしいんだよね」

「え？」

「なんか、子供らしいっていうか、あやかしらしいっていうか……。浅はかなんだけど、それで神兄からほっこりさんの記憶だけ消しちゃったらしくて……」

「え？　ひょっとして、俺のことを覚えてなかったのって、人童子のせいだったの？」

「うん。ほっこりさんの顔を見たとたんに人童子の術が解けて、すべて思い出したらしいんだけどね……。昨日、人童子が自分のやったことを神兄に無邪気《むじゃき》に話しちゃってさ」

「それで、神に叱られたの？」

「うん……」

いくら母のために兄弟たちに帰ってきてほしかったとはいえ、人の記憶を操るようなことをしてはダメだ。神は記憶を操作された当人にもかかわらず、ずいぶんと感情を抑えて人童子にそう言い聞かせていた。

零次は、ここに帰ってきたことを心底悔やんでいた神の姿を知っているので、よくそんな大人の対応ができるものだと兄を心底尊敬したが、あやかしである人童子は、誰かに説教をされたのが初めてだったらしく、神に嫌われたのだと思い込んですっかり落ち込んでしまったのだ。

「そうかぁ……それは人童子が叱られてもしょうがないよね」

なぜか九十九は自分が怒られたかのように顔を暗くした。

「でも、なんで十三年前にあんなことを言われたのかわからなかったけど、あれは神の本心だったんだね」

「え……ええっと」

「俺のせいで零次君が凍死しかけたんだったら、酷いことを言われてもしょうがないよね。でも……記憶を完璧《かんぺき》になくさなきゃいけないほど、俺は神に嫌われてたのか」

どっぷりと落ち込んで、九十九はテーブルに突っ伏した。さすがにかわいそうになって、零次はポンポンと彼の肩を叩《たた》く。

「大丈夫だよ。子供の頃の話だろ？　今は神兄もほっこりさんも大人なんだし、また向かいに住んでるんだから、友情なんていつでも修復できるって」

「零次君……」

九十九は瞳を潤《うる》ませて、零次の手を握った。

「君はいい子だね……。そうだね、俺もがんばるよ。せっかく君たちが帰ってきてくれたんだし。神とも仲良くしたいし」

「うん」

「……神に言っておいて。俺、神のカフェがオープンしたら、毎日コーヒーを飲みに行くって！」

「いや、それは……やめたげて」

嫌がらせ以外のなにものでもないだろう。

神がノイローゼにならないことを祈るばかりだ。

「まぁ、オープンしたばかりのカフェに、常連さんができるのはありがたいかもしれないけど……」

苦笑いをして適当に返事をしていると、突然天井から蜘蛛男《くもおとこ》が降ってきた。

「なにを話してるんっすか？」

「いや、なんでもないよ。人童子の今後の話」

神と九十九の確執は当人たち以外には関係がないので誤魔化《ごまか》すと、蜘蛛男は歯を見せてニカッと笑った。

「そうっすか！　――そうだ、零次！　これ、やるっすよ」

そう言って蜘蛛男に渡されたのは、蜘蛛のチャームがついたストラップだった。

よく露店のアクセサリーショップで見かけるような、渋いシルバーの細工物だ。

「俺、シルバーアクセを作ってあやかしたちに売ってるんっすよ」

「ええ？」

「趣味っす」

あまりにも人間くさい趣味に驚いていると、蜘蛛男は片目を閉じて颯爽《さっそう》と天井に戻っていった。

こんなアメコミ映画を見た気がするなと思いつつ、零次は天井に声をかける。

「今度、他のアクセサリーも見せてよー」

「お安い御用っすー」

落ちてくる声に、九十九は笑った。

「すっかりあやかしに好かれちゃったねぇ」

「……嬉しいような悲しいような」

神にはなるべくこの店には関わるなと言われてはいるが、そうもいかない。なんてったって、お向かいさんなのだ。

ここにいる限り、この店とは長い付き合いになるのだから、縁《えん》は大事にしなければならない。

(神兄も早くほっこりさんとの腐れ縁を受け入れたらいいんだ)

人間、時には諦《あきら》めも肝心だ。

「あっ、そうだ」

零次は持参してきた紙袋から、例の五粒のえんどう豆の本を取り出した。母が作ってくれたあの手作り絵本だ。

「これさ、ここに置いといて」

「え?」

九十九の目が、そんな大事なものを手放してもいいのかと言っているが、これは兄弟全員の思いなのだ。

「俺たちは、もう童話を読む歳《とし》でもないからさ。本棚にただ飾っとくだけじゃもったいないだろ。喜んでくれる人……いや、あやかしか? に読んでほしいんだ」

「なるほどね」

わけを話すと、九十九は納得したように絵本を受け取ってくれた。

「わかったよ、この本は大事に店の一番いい場所に飾っておくよ。もちろん、非売品としてね」

「いいの？」

「もちろん。ここに置いて、みんなに読んでもらおう。なんてったって、ここは立ち読みも大歓迎の本屋だからね」

「ありがとう」

今日ここに来た一番の目的を果たせて、零次は胸を撫《な》で下ろした。

「読みたくなったら、この店に来るよ」

「いつでもおいで」

「うん」

ホッとしたら気が抜けたのか、急に眠くなってきた。それもそのはずだ。時刻はもう深夜二時を回っている。せっかく体調が治ったのに、これではまた睡眠不足で体を壊してしまう。

零次は時計を見ながら、人童子に言った。

「人童子、俺は帰るけど、朝にならないうちに家に帰ってくるんだぞ」

「……」

人童子は不安そうに零次を見て頷いた。

置いていかれてしまうとでも思ったのだろうか。

「まったく……」

零次は目尻を下げて、人童子の頭を撫でる。

「大丈夫だよ。神兄はさ、怒ったら怖いけど引きずらない人だから。俺なんかしょっちゅう叱られてるけど、全然平気だよ」

だって、兄が誰よりも優しくて思いやりがある人だということを知っているから。

「ちゃんと反省してれば大丈夫。明日になれば人童子に笑ってくれるよ」

「本当？　神は僕のこと嫌いじゃない？」

「もちろん！　神兄が本気で嫌ってるのは、ほっこりさんだけだから、安心しな！」

少しだけ人童子の顔が明るくなったので、零次は豪快《ごうかい》に笑った。背後で九十九が
「そのフォローはどうなの？」

と言っているが、気にしないでおこう。

「だからさ、思いっきり遊んで帰っておいで。十三年も閉じ込められてたんだから、もっと自由を楽しまなきゃな！」

「うん！」

眩《まぶ》しい笑顔で右手を上げる人童子を微笑《ほほえ》ましく感じながら、零次は九十九に挨拶《あいさつ》をした。

「それじゃ、ほっこりさん。また」

「はい、おやすみ」

ウサギと一緒に手を振る青年に苦笑して、零次は入口の戸に手を掛けた。

「あ、そうだ」

そういえば、九十九にどうしても聞いておきたいことがあったのだ。

「ほっこりさん……、ほっこりさんってさ……人間だよね？」

「――」

九十九の動きが止まった。

「…………………もちろん」

「って、なにその間！」

長い沈黙のあとに出てきた答えに、零次は速攻で突っ込んだ。九十九は相変わらず癒《い》やし系オーラ全開で、ふわふわと笑っている。

「もちろん人間だよ。だって俺はランドセルを背負って神と小学校に通ってたしね」

なんだ、その曖昧《あいまい》な理由は！　と叫びたくなったが、零次は必死でこらえた。

本人が人間と言うなら人間なのだ。

そう信じておくことが、ここは賢い気がする。

「さ、さよなら」

零次は無理やり笑顔を作って店を出た。

夜空には見事な三日月が浮かんでいる。なんとも言えない風流な夜だ。

「あっ……」

月を見上げているうちに、零次はもう一つ九十九に聞きたいことがあったのを思い出した。

(あの喋《しゃべ》るウサギが何者なのか、聞くのを忘れた……)

「……まぁ、いいか」

九十九とは長い付き合いになりそうだし、また聞けばいいかと思い直し、零次はあくびをしながら向かいの我が家へと帰っていった。

美女と野獣と人魚姫

第一頁

ウサギと包帯

電車の窓から見える景色は、東京とはまったく違っていた。

岡山市街地にあるわずかなビル群を抜けると、すぐに民家が現れる。ちらほらと見える田んぼや、遠くにある小高い山が目に飛び込んでくるので、車内にいても閉塞感はあまり感じない。目の前を遮《さえぎ》るものが少ないので、車窓の景色が広いのだ。

初瀬零次《はつせれいじ》は、在来線の車内のボックス席に座り、ただ一心に窓の外を眺めていた。

岡山市内にある学校から、倉敷《くらしき》の我が家に帰る途中なのだが、社会人たちの帰宅時間にはまだ早いためか、車内は人もまばらだ。おかげで余裕で座れるのがありがたい。

零次にとって、進行方向に向いて座れるかどうかは死活問題なのだ。

(今日も大丈夫そうだ)

自分の体調と相談をしながら、ひたすら窓から見える山と睨《にら》めっこをしていると、不意に脳天を叩《たた》かれた。

「――？」

驚いて通路側に顔を向けると、思いもかけない人物がそこに立っていた。

「悠兄《ゆうにい》！」

「よお」

零次の二番目の兄の悠貴《ゆうき》は、呆《あき》れたように顔を歪《ゆが》めて、耳にしていたイヤホンを外した。そのままどっかりと横に腰掛けられたので、少しだけ体をずらしてスペースを作る。

「悠兄、同じ電車に乗ってたんだな」

悠貴も岡山市内の大学に通っているので、駅で出くわすことはあるかもしれないと思っていたが、同じ車両に乗り合わせるのは凄《すご》い偶然だ。

なんとなく照れくさく思っていると、悠貴が先ほどまで聞いていた音楽プレーヤーを止めた。

「相変わらず窓しか見てないんだな、お前は。全然こっちに気がつかねぇし」

「しょうがないだろ。窓を見てないと酔うんだから」

零次は極度に乗り物酔いしやすい体質だ。

幼い頃から三半規管《さんはんきかん》が弱く、バスや電車や車では必ず酔ってしまうので、長時間乗り物に乗る時は、事前に酔い止め薬を飲んでおくことが欠かせない。

しかし、酔い止め薬を毎日飲んでしまうと、体が薬に慣れてしまって効き目も悪くなってしまうので、零次はあえて通学の電車では薬は飲まないようにしていた。

その分、乗り物酔いの予防には必死だ。車内では必ず進行方向に座り、窓から目を離さず、本も読まない。もちろん、携帯電話をいじったりもしない。そうすると、なんとか三十分くらいはもつのだ。さすがに車内が混雑している時は進行方向の席は諦《あきら》めざるをえないので、窓の外の景色に頼って気合いで乗り切るしかないのだが。

「ほんと、難儀な体質だよな」

「うるさいな。神《じん》兄の運転なら酔わないいんだけどなぁ……」

「おーまーえー、俺の運転は下手《へた》だって言いたいのか?」

片手で両頬《りょうほお》をわし摑《づか》まれて、零次は悲鳴をあげた。

車酔いは、運転する人の腕にもよると言うが、長兄の神の運転なら零次は不思議と酔わないのだ。反対に、免許をとったばかりの悠貴の運転だと盛大に気分が悪くなってしまうので、いつも次兄を不機嫌にさせてしまっていた。

「悠兄は運転もそうだけど、いつも乱暴なんだよ！　そんなんで医者になんてなれないいんだからな！」

「ああ?」

「いひゃい、いひゃい！」

ぎゅっとますます頬を強く摑まれて、零次は涙を浮かべた。初瀬家の次男は、兄の権威を存分に振りかざす暴君だ。

「放せよ、バカ兄！」

「だ～れがバカだ」

「いてぇよ！　頬が潰れる！」

ようやく零次を解放して、悠貴は舌を打った。

「もういいから、窓の外を見てろ。酔われたら面倒くさい」

「……なんだよ、もう」

一応の気遣《きづか》いを見せる兄を睨みながら、言われたとおり窓に顔を向けようとすると、ふと、通路を挟んだ隣席の女性と目が合った。女子大生らしき女性は慌《あわ》てて俯《うつむ》いたが、それでもチラチラと何度か悠貴を盗み見ている。気づけば彼女だけでなく、車内の複数の女性の視線が兄に向いていた。

（ほんと、モテるよなぁ……）

同じ男として、少し悔しくて妬《ねた》ましい。

悠貴は、東京でモデルの仕事をしていただけあって、見目がとてもいい。はっきりとした目鼻立ちはパッと見ただけでも人目をひき、スラリと長い手足は日本人離れしていて、立っても座っても様になる。短気な性格に反比例した容姿の良さは、女性たちの目をくらませるには十分だった。

小学校、中学校と同じ学校に通っていた零次は、悠貴が卒業するまでは女子生徒から恋の橋渡しをよく頼まれていたので、兄のモテっぷりは身をもって知っているのだ。

悠貴は家に彼女を連れてきたこともないし、そういった話をしたことは一度もないので、本当のところはどうなのかわからないが、女性関係は相当派手なのではないかと、零次は勝手に想像していた。

「――なんだよ？」

「別にー」

こんな狭い車内で、いろいろなところから視線を集めているというのに、兄は意にも介していない。モテる男の余裕を見せる悠貴が少しだけ腹立たしくて、零次は顔を逸《そ》らした。

「なに拗《す》ねてんだか」

「悠兄には一生わかんねぇよ」

「はぁ？」

自分勝手な劣等感に苛《さいな》まれているうちに、電車はひと気のない駅に滑り込んだ。まばらに人が乗り込んでくるが、車内がいっぱいになることはなさそうだ。

それを何気なく見ていると、低い声音で悠貴が言った。

「お前、学校のほうはどうなんだよ？」

「え？」

予想外の問いに、零次は振り向く。兄はこちらではなく、通路に顔を向けていたが、零次への聞いは続いた。

「部活とかどうするんだよ。こっちでもバスケをやるのか？」

「あ、えっと……」

これは、あれか。見知らぬ土地の高校に転入したばかりの弟を、兄として気に掛けてくれているのだろうか。

「うん。学校は楽しいよ。弘都《ひろと》が同じ学校だから、いろいろと世話を焼いてくれるし。今日はあいつ部活があるから、俺一人で帰ってるけどさ。時間が合う時は一緒に帰ってる。あっ、弘都の奴《やつ》あんなにガタイがいいのに、演劇部なんだぜ？　てっきり運動部にでも入ってんのかと思ったよ」

「ふーん」

悠貴は、興味がなさそうな顔をしているが、話はしっかり聞いてくれていた。やっぱり心配してくれてるんだなと思った零次は、嬉《うれ》しくなって学校生活のことをいろいろと語った。

クラスメイトもいい奴が多く、進学校なのに授業とかは全体的にのんびりしてるから、マイペースな零次には合ってるみたいだと言うと、兄はそっけないながらも安堵《あんど》したような返事をしてきた。

実は、尊《みこと》と彩佳《あやか》も同じ学校に通っているのだが、入学組の双子と違って、零次は転入だ。今まで通っていた学校との違いに戸惑うことも多いのではないかと、神や悠貴が気にしてくれていることは知っていた。

今まで面と向かって聞かれたことはなかったので、あえて報告はしていなかったのだが、面倒でもちゃんと学校の話をしていればよかったのかもしれない。

反省しながら、兄の不安を払拭《ふっしょく》しようと一生懸命《いっしょうけんめい》に語っていると、さすがにうっとうしくなったのか、悠貴はヒラヒラと片手を振った。

「わかったわかった。お前が順応性が高いことを俺は忘れてたよ。んで、部活は？」

「え？」

再び同じことを聞かれて、零次は目を瞬《またた》いた。

「こんな早い時間に電車に乗って何をしてんだ。帰宅部でもないかぎり、部活をしてる時間だろ。バスケはやらないのか?」

「あー、ああ、うん……まぁ」

「尊はバスケ部に入ったんだろ?」

「うん」

兄が急に学校生活について聞いてきた理由を理解して、零次は少しだけ声のトーンを落とした。

零次も中学の時から神に憧れてバスケットボールをしていた。もちろん、前の高校でもバスケットボール部だったのだが、いろいろと考えて、こっちではバスケットボール部に入るのはやめようと思っているのだ。

「俺には尊や神兄みたいな才能がないしさ。二年からの転入じゃレギュラーとるの難しいだろうし、バスケはここらで潮時かなと」

「……」

「かといって、他にやりたいこともないし、部活動はしないで、余った時間で神兄の店を手伝うのもいいかなって……」

本当は、母の思いを継いで店を切り盛りすることになった長兄を手伝いたくて、部活には入らないと決めたのだが、ストレートにそう言うと神はやりたいことを優先しろと言うに決まっているので、正直に言えなかった。

悠貴はしばらく無言でこちらを見ていたが、やがて軽くため息をついて零次の額を叩いた。

「バーカ」

「バ、バカ？　なんでバカなんだよ？」

兄の暴言に目くじらを立てると、悠貴は深く椅子《いす》にもたれて、瞳《ひとみ》を閉じた。

「まぁ、学校は始まったばかりなんだし、どうするのかゆっくり考えればいいさ。俺は寝るからさ、着いたら起こして」

「えー、あと十分くらいで着くけど？」

「五分だろうが十分だろうが、俺には貴重な睡眠時間なんだよ」

「出た。勉強に忙しい医大生アピール……入学したばかりのくせに」

「蹴《け》るぞ」

すかさず足を蹴られて、もう蹴ってるじゃんと、零次はブーたれた。

◇

本当に寝てしまった悠貴を起こして、倉敷駅に降り立った零次は、兄と連れ立って改札口を出た。

そうしている間にも、悠貴はすれ違う女の子たちの注目を集めていたが、兄はまったく気にしていないようだった。もう、こんな視線には慣れっこになっているのか、それとも本気で気がついていないのか。いったい、どっちなのだろう。

どうにも図りかねるが、兄は家にいる時と同じように乱暴な態度で零次にちょっかいを出してくるので、人の視線なんかいちいち気にしていないのかもしれない。

「——あっ、零次ーっ！」

軽い兄弟げんかを持続させながら美観《びかん》地区の川畔《がわはん》を歩いていると、不意に明るい声で名を呼ばれた。

「——？」

知り合いなどどこにもいないので、キョロキョロとしていると、川畔の露店でアクセサリーを売っている男が、満面の笑みで手招きしていた。

「こっち、こっち」

「え？」

まったく見知らぬ人物に戸惑っていると、男は売っているアクセサリーをチャラチャラと揺らした。それがすべて蜘蛛《くも》のチャームだったので、零次はようやくピンッときた。

「蜘蛛男《くもおとこ》？」

「そうっす！」

普段のアングラな雰囲気と違って、蜘蛛男は爽《さわ》やかな好青年へと変身を遂げていた。髪も短く、頬に刻まれた蜘蛛のタトゥーも今は消えている。あまりにも雰囲気が違うので最初はわからなかったが、顔は確かに蜘蛛男だった。

「どうしたんだよ、こんなところでなにやってるんだよ」

「時々人間に化けて、露店で手作りのアクセサリーを売ってるんっすよ」

「へぇ」

蜘蛛男が言うには、高度なあやかしは人間に化けることができるらしい。人の姿になれば、普通の人間の目からでも彼らのことが見えるようだ。

「そちらさんは？」

蜘蛛男が悠貴を見て首を傾げたので、零次は兄の手を摑《つか》んで引き寄せた。

「蜘蛛男とは初めてだったよな。これ、俺の二番目の兄貴の悠貴」

「おー、零次の兄ちゃんっすか。どうもどうも。これ、お近づきの印っす」

蜘蛛男はそう言って、悠貴に蜘蛛のストラップを差し出した。いつか零次がもらったものと同じだ。

「どうも」

不審げにそれを受け取る悠貴に、零次は周囲に聞こえないように耳打ちをした。

「彼は枳殻《からたち》童話専門店の常連のあやかしで、蜘蛛男っていうんだ」

「蜘蛛男……？」

店に通うあやかしのことは詳しく話していたので、悠貴はいちいち驚きはしなかったが、顔はあからさまに胡散《うさん》くさげだ。悠貴も神同様に弟が必要以上にあやかしに絡むことをよく思っていないのだ。

「お前、まだあの店に出入り……」

説教を始めかけた悠貴に、蜘蛛男はにこにこと笑って川を指さした。

「ここにいるあやかしは俺だけじゃないっすよ」

言われて川を見ると、なにやらスイスイと流れに逆らって泳いでくるものがいる。ザバリと水面から覗《のぞ》いたその顔に、零次は思わず手を振った。

「水天《すいてん》さん！」

川の中の男は零次を見つけて、嬉《うれ》しそうに手を振り返してくれた。水天は、ここの川を根城にしているあやかしだ。彼も蜘蛛男同様に九十九《つくも》の店の常連だった。

川に向かって手を振っていると、なにもないように見える観光客が不思議そうに見てくるので、零次は慌てて手をおろした。人に化けている蜘蛛男と違って、水天の姿はほとんどの人間には見えていないのだ。

水天は一度水の中に潜ると、また顔を出した。今度は零次たちではなく、あさっての方向を眺めている。

「なんだろう?」

気になって水天の視線を追うと、そこには一軒の土産物屋《みやげもの》があった。店先では、一人の女性店員が、棚に置いてある土産物の整理をしていた。

「彼女が、千香《ちか》さんっすよ」

こっそりと蜘蛛男が教えてくれたので、零次は、あれが噂《うわさ》の千香さんかと胸を熱くした。千香はショートカットのよく似合う色白の美人だ。少しだけ垂れた目が印象的で、客に向けた笑顔はとても優しげだが、人よりも細すぎる体形のせいか、どこかはかない雰囲気を持った女性だった。

「千香って誰?」

彼女を見て問う悠貴に、蜘蛛男が声を潜めて説明する。

「水天さんが片思いしてる人っすよ」

「あやかしが人間に片思いしてんのか？」

「そうっす。おまけに彼女は既婚者っすから、切ない恋なんっす」

「ふーん」

悠貴はわずかに目を細めた。

「どうかした？」

「別に」

素っ気なく答える兄の声音に含みを感じるのは気のせいだろうか。

まさか、悠貴は人妻に興味があるのではないかと心配していると、軽く頭をこづかれた。単純な零次の思考回路は見通されているらしい。

兄弟でバカなやりとりをしていると、千香が、ふと川のほうを振り返った。なぜかその目が水天に向いている気がして、零次はドキリとする。だが、すぐに客に呼ばれて彼女は店内に消えてしまった。

川を見る千香の表情にはなんの変化もなかったので、水天に気づいていると思ったのは勘違《かんちが》いだったようだ。

店内からは千香と客の笑い声が聞こえてくる。彼女が看板娘だという話は本当らしい。楽しそうな声に引かれて、フラリと店に入ろうとすると、すかさず悠貴に首根っこを掴まれた。

「どこに行くのかなー？　零次君は」

「どこって、千香さんの店に……。どんな人か興味があるじゃん」

「人の恋に首を突っ込むんじゃねぇよ」

「だったら、なおさら放っておけ。余計なことをしてんじゃねぇよ。とっとと帰るぞ」

「えー」

「えーっじゃねぇ。ほら、行くぞ」

「ちょ、悠兄！」

そのままズルズルと引きずられて、零次は逆らうすべもなく店から遠ざけられた。蜘蛛男に見送られながら、無理やり家へと連行される。

「悠兄！　放せよ、一人で歩けるって」

東町《ひがしまち》まで腕を摑まれていたせいで、観光客のいい笑いものになってしまったではないかと怒ると、悠貴が冷めた目を向けた。

「あんまり、あやかしに絡んでんじゃねぇよ」

「なんで」

「なんでって、お前はバカか。一回死にかけてんのを忘れてんじゃねぇよ」

「あ、あれは……俺も小さかったし……不幸な事故だったんだからしかたがないだろ」

雪女の子供のせいで零次が死にかけたことを、悠貴はおぼろげながらも覚えていたらしい。記憶は断片的なもののようだが、なぜか零次が死にかけて大騒ぎだったということだけは強烈に残っていたようだ。

ここに帰ってきてから、それが雪女の子供と九十九のせいだったと知ったおかげで、悠貴は神同様にあやかしには良い印象を持っていないのだ。

「でもさ、あやかしたちはいい奴ばかりだぜ？」

「だろうな。怖がりのお前が平気で近づいていってるもんな」

怖がりになったのは、あんたのせいだと言いたかったが、零次は言葉を飲み込んだ。それを言うと、お前を鍛《きた》えてやってたんだよという理不尽な答えが返ってくるからだ。

「……」

ジレンマに苛まれていると、悠貴が言った。

「別に俺は死にかけた張本人のお前が気にしてないって言うなら、兄貴ほどうるさく言うつもりはねぇけどな」

「悠兄」

「ただ、あんまり兄貴に心配かけんなよ。ここに帰ってきてから、ただでさえ頭痛の種が増えてるんだから」

「あー。う、うん……」

二人は枳殻童話専門店の前で足を止めた。弟たちの悩みどころは、ここの店主と神の確執だ。

神があまりにも九十九を嫌っているものだから、弟たちはお向かいさんとの付き合いにずいぶんと苦慮《くりょ》してるのだ。

妹の彩佳は九十九に片思いをしているので、一人で勝手にロミオとジュリエットみたいだと悲劇のヒロインぶっているのだが、その気持ちもなんとなくわかる気がした。

なにせ、零次はこの不思議な童話専門店が大好きなのだ。神に心配はかけたくないが、店に行くことはやめられない。こんなにおもしろいところに足を運ぶなというほうが無理だ。

「って、お前は言ってるそばからどこに行くんだ」

自然と店に向かっている零次を、悠貴が止める。

「どこって、人童子《ひとわらし》を迎えに行かなきゃ」

零次に取り憑《つ》いている人童子は、子供姿のあやかしだ。学校にまで連れていくわけにはいかないので、昼間は九十九に預かってもらっているのだ。

神はカフェの開店準備に忙しいし、弟たちは学生だ。昼間は広い家に人童子だけになってしまうので、九十九が自《みずか》ら預かると申し出てくれたのだ。

「……ったく。さっさと帰ってこいよ」

悠貴は釈然《しゃくぜん》としない顔をしていたが、理由を聞くと家の中に入ってしまった。あやかしに良い感情を持っていない兄たちだが、なぜか人童子だけは受け入れてくれているのだ。

やはり、小さな子供（姿）には誰も敵《かな》わないようだ。

ホッと胸を撫《な》で下ろして、零次は急いで枳殻童話専門店の戸を開いた。

相変わらずキラキラと音を鳴らすドアチャイムに迎えられて店内に入ると、賑《にぎ》やかなディスプレーが目に入る。

「ほっこりさん、人童子、ただいまー」

「――いてえええええっ！」

カウンターの向こう側に声をかけたとたん、右足がなにやら柔らかいものを踏んだ。ムニッとした感触と同時に足下から絶叫が響《ひび》いて、零次は腰が抜けるほど驚いた。

「なんだ、なんだ？」

「なんだじゃねぇよ、ボケーッ！」

足下で怒鳴っているのは、ウサギ姿のあやかし、兎三郎《うさぶろう》だった。どうやら零次は彼の尻《しっ》尾《ぽ》を踏んでしまったらしい。

「わぁ、ご、ごめん！」

慌てて飛びのくと、兎三郎は零次の足首にガブリと嚙《か》みついた。

「いでーっ！　ごめん、ごめんってば兎三郎！」

「ごめんじゃねぇよ！　ちゃんと足下を見て歩きやがれ！　俺の尻尾がもげたらどうしてくれんだ！」

「うわぁ！」

罵倒《ばとう》とともに兎三郎の蹴りが飛んできて、零次は悲鳴をあげた。小さい姿をしていても、兎三郎の動きは矢のように鋭い。必死に避けようとするが、正確な蹴りは頬や頭に何度も命中した。たまらずカウンターの後ろに隠れると、兎三郎は追ってきてなおも襲ってきた。

「ぎゃあ！　ごめんって謝ってるだろ！」

「うるせぇ！　マヌケな面《つら》してやがると思ってたが、本当に抜けてんな！　てめぇは！」

「ちょ、それ酷《ひど》くねぇ？」

「黙りやがれ！」

「うわああ！」

再び兎三郎の蹴りが零次の顔面にヒットしようとしたその時、

「——こら、なにやってんだよ！」

騒ぎを聞きつけた九十九が、奥の部屋から出てきた。

「兎三郎！　零次君はあやかしじゃなくて人間なんだから、乱暴をしたらダメだろ！」

珍しく厳しい声で説教し、九十九は兎三郎の両耳をムギュッと摑んだ。

「だってよぉ……こいつが俺の尻尾を」

「だってじゃないだろ。俺の大切なお向かいさんを泣かせたら許さないよ」

まるで子供に言い聞かせるように九十九が兎三郎の顔を覗き込むと、ウサギはすっかりおとなしくなった。

「ごめんね、零次君。怪我《けが》はない？」

「あ……うん」

「兎三郎は見かけによらず凶暴だから気をつけて」

申し訳なさそうに手を差し出されて、零次はそういうことは早く言ってほしいと心中で突っ込んだ。

もし傷でも作って帰ったら、神はこの店に近づくことを二度と許してはくれないだろう。

それに、あんなに愛らしいウサギに蹴り回されて怪我をしましたなんて、恥ずかしくて言えないではないか。

「いったい、なんなんだよ。このウサギ」

九十九の手をとって立ち上がり、零次は兎三郎のつぶらな瞳を見た。ヒクヒクと鼻を動かしている姿は、ウサギそのものなのが腹が立つ。こんなに気性が激しいなんて、外見詐《さ》欺《ぎ》にもほどがあるだろう。

「ウサギのあやかし……なんだよな？」

「いいや。兎三郎は刀の付喪神《つくもがみ》だよ。ウサギは仮の姿。動きやすい格好をしてるだけなんだ」

「刀？」

どうりで凶暴なはずだと合点がいき、零次はあとずさった。

「いきなり刀になって暴れたりしないよな？」

「するか！　俺様が神聖な姿を見せるのはあの方だけなんだよ！　お前みたいな人間のガキの前で本来の姿に戻るわけがないだろ！」

兎三郎が九十九の腕の中で吠《ほ》える。それにしても口が悪い小動物だ。

「あの方って？」

「兎三郎の持ち主だよ」

「持ち主？　その人はどこにいるんだよ」

そう聞いたとたん、兎三郎の目から大粒の涙がこぼれだした。

「え？　なに、どうした？」

怒ったり泣いたりと忙しいウサギにギョッとすると、九十九が困ったように笑った。

「ご主人様のことは兎三郎には禁句なんだ」

「なんで？」

「うん、まぁ……いろいろあってね……。兎三郎がご主人様とはぐれたのは百年近く前の話だから」

「百年？」

迷子とは聞いていたが、百年近くも前に主人と生き別れているとは思っていなかった。そんなに前の話なら、兎三郎の主人は生きているのかどうかもあやしい。

「その人、あやかし？」

恐る恐る尋《たず》ねると、九十九は頷《うなず》いた。

少しだけ安心して、零次は兎三郎の頭を撫でた。あやかしなら、まだ生きている可能性がある。詳しいことはよくわからないが、凶暴なウサギが涙を流してまでも一途《いちず》に待ち続けているご主人様だ。早く再会できればいいと心から思った。

「零次君、その手どうしたの？」

兎三郎を撫でていた手をいきなり摑まれて、零次は目を瞬《またた》いた。見ると甲《こう》に赤い擦《す》り傷が走っている。兎三郎の蹴りを避けていた時についてしまったようだ。

「ああ、どうりでヒリヒリすると思った」

「大変だ！　手当てするからちょっと待って」

「手当てって、こんなの掠《かす》り傷だよ」

「ダメだよ。怪我なんてさせて帰らせたら、俺が神に怒られるだろ」

「あー……ああ」

さすがに、神もこんな掠り傷ごときで騒がないだろうが、九十九が絡んでいるとなるとそうとも言い切れないかもしれない。

零次は素直に手当てを受けることにした。

「じゃあ、お願いします」

「待ってて。人童子が寝てるから、ついでに起こしてくるよ」

急いで奥に引っ込んでいった九十九は、救急箱を手にしてすぐに人童子と戻ってきた。

「零次ー。おかえり」

「ただいま、人童子」

嬉しそうに人童子が飛びついてくるので、零次は思わず目尻を下げた。やっぱり、人童子はかわいらしい。あやかしに取り憑かれた時はどうなることかと思ったが、この子となら、この先もうまくやっていけそうだ。

「零次君、手を出して」

「あ、ああ」

九十九に手を差し出すと、人童子が不安そうに零次の体をよじ登ってきた。

「怪我をしたの？　零次」

「たいしたことないんだよ。念のために手当してもらうだけ」

笑って言うと、人童子は安心したように零次の胸にしがみついてきた。その様子を見ていた兎三郎が、

「けっ、大げさな奴らだな」

と毒吐《どくづ》く。

確かに、これしきの傷で大げさなこと極まりないが、お前が言うなと言いたい気分だ。

人童子と違って、まったくかわいくないウサギに腹を立てていると、九十九が包帯を取り出したので零次は慌てた。

「ちょっと、ほっこりさん。それはやりすぎだって！　消毒して絆創膏《ばんそうこう》してくれるだけで

いいから」

「そ、そう?」

キョトンとしている九十九に、零次は呆れる。そんなものを巻いていたら、どんな大怪我をしたのかと余計に神に心配をかけてしまうではないか。

「念には念を入れたほうがよくない?」

「よくない!」

「そう……」

九十九は不満そうな顔をしていたが、おとなしく消毒液と絆創膏を救急箱から取り出した。

「そういえばさ、さっき川畔で千香さんを見かけたよ」

手当てを受けているうちに、ふと水天と千香のことを思い出したので何気なく会話の中に混ぜると、九十九は目線を零次の顔に向けた。

「千香さんって、水天さんが恋してる千香さん?」

「そう。綺麗《きれい》な人だったよ。ほっこりさんは会ったことがある?」

「そりゃ同じ地区で商売をしてたらね。だいたいの人の顔はわかるよ」

絆創膏を零次の手の甲に貼りながら、九十九はわずかに目を伏せた。

「水天さんかぁ。最近、彼はおかしなことを言い始めたんだよね……」

「え？　おかしなこと？　水天さんが？」

「うん……」

九十九はフランス民話の棚を指さした。

「まぁ、うちに来たら相変わらず『美女と野獣《やじゅう》』を読んで泣いてるから、変わりがないって言ったら変わりがないんだけど……。近頃、なぜか千香さんと目が合うんだって言い出してね」

「へ？　目が？」

「うん。千香さんがちょくちょく水天さんのほうを見てるって言うんだ」

「見てるって……」

零次は、川畔で見た千香の様子を思い返した。

「そういえばだけど、少しの間だけ千香さんが水天さんのほうを見てたような気がする」

あの時は零次の勘違いかと思ったが、水天が千香と目が合うと主張しているなら、やはり彼女はあの時川で泳ぐ水天を見ていたのだろうか。

「そんなはずないんだけどね」

やけにきっぱりと九十九が言い切るので、零次は眉を寄せた。

「なんで？」

「彼女にはあやかしが見えないからだよ」

「え？　そんなこと、ほっこりさんにわかるの？」

「わかるよ。長い間あやかしに関わる仕事をしてたらね、彼らを見える人と見えない人の区別はつくようになるんだ。俺の見たところ千香さんはあやかしが見える人じゃない」

「……じゃあ、なんで水天さんは目が合うなんて言うんだよ」

「それなんだよね……。彼の片思いも長いから、恋心をこじらせて妄想でもしてるんじゃないかって、あやかしたちが心配してるんだよ」

「妄想って……」

　本当にそうなら、精神的にまずい状態ではないのか。

「だったら、早くなんとかしてやらないと」

　水の中から笑顔で手を振ってくれた水天の顔を思うと零次は胸が痛くなった。

「なんとか水天さんの気持ちに区切りがつけばいいんだけどね」

　ため息まじりに呟《つぶや》いた九十九の言葉に、零次は頷いた。

　どうにかして、千香のことを諦めさせてやれないものかと思案するが、本気の恋などまだしたことがない零次にはどうしてやることもできない。

ふがいない自分を歯がゆく思っていると、九十九がポンッと零次の手を叩《たた》いた。

「はい、できたよ」

いつの間にか、分厚い包帯が巻かれていたので、零次はゲッと声を出した。

「……だから、なんで包帯？」

「掠り傷をなめたらいけないよ。そこからバイ菌でも入って悪化したらどうするの」

九十九があまりにも力説するものだから、零次は脱力した。

掠り傷でこれなら、転んで血でも流そうものなら強制入院させられそうだ。

「――やれやれだぜ」

大きく息を吐いて兎三郎がこれみよがしに呟く。零次もこの時ばかりはウサギに同調せずにはいられなかった。

（神兄は小さい頃からこの人に苦労させられてきたんだなぁ）

天然な九十九に振り回される幼い兄の姿を想像して、零次はこっそりと涙したのだった。

◇

店を出ると、周囲はうっすらと暗かった。

空は、いつの間にか厚い雲に覆われている。

先ほどまではいい天気だったのだが、これはひと雨降りそうだ。

「天気予報は当てにならないな」

今朝の降水確率は一〇パーセントと低かったが、その一〇パーセントが油断ならないようだ。

家に入ろうとした零次は、玄関先でふと足を止めた。

右手に巻かれたこの包帯を取らない限りは家に入れないのだ。

(こんなの見たら、神兄がほっこりさんのところに乗り込んでいっちゃうよ……)

これ以上、二人の仲を悪化させたくはないので、零次は左手で包帯を解こうとした。だが、ただでさえ頑丈に結ばれた包帯は、片手だけではなかなか解くことができない。

悪戦苦闘していると、玄関の戸が開いて、次兄の悠貴が出てきた。

「お前、なにやってんだ」

「あっ、悠兄」

慌てて手を後ろに隠したが、あとの祭りだ。悠貴は、すかさず怖い顔で零次の右手を掴んだ。

「……玄関先で人影がもぞもぞ動いてるから何かと思えば……。どうしたんだ、これ」

「いや、それが……」

ここまできたら本当のことを言わざるをえなくなり、零次は正直に店でのことを話した。といっても、ウサギに蹴られたことは黙っていたので、零次の不注意で擦りむいて九十九に手当てされたくだりだけなのだが。

「それでこの包帯か」

「うん……大げさすぎるだろ」

「っていうか、逆に蒸れて治りが遅くなるわ」

「あの人、天然なんだ……」

「……」

フォローになってない零次の言葉に肩をすくめて、悠貴は包帯を解こうとしてくれた。だが、必要以上に固い結び目は、どうにもこうにも緩《ゆる》んではくれなかった。しかも何重にも巻かれた包帯は必要以上に分厚い。

「どんだけ頑丈に巻いてんだ。器用なんだか不器用なんだかわかんねぇな！」

悠貴はイライラを頂点にさせて、玄関の中に入った。

「もうハサミでぶった切ったほうが早い！　お前も中に入れ。兄貴は出かけてまだ帰ってきてないから」

「あ、うん」

素直に次兄に従い、零次は家の中に入った。自室にハサミを探しに行った悠貴を待ちながら、居間に座ってテレビをつけると、天気予報の降水確率が上がっていた。夕方から明朝にかけて、ずっと雨のようだ。しかも、一週間ほど先の天気は大荒れになるようだ。温帯低気圧が急速に発達して、台風並みの暴風雨になるらしい。春の嵐に気をつけるようにとお天気キャスターが注意を促《うなが》していた。

ポツポツと外から音が聞こえて、とうとう降り出したことを知り、零次は水天のことを思った。

「雨ってことは、今日は水天さんが店に来るのかな……」

九十九の言っていたことが気になってしょうがないので、夜に店に行ってみようかと思っていると、悠貴がハサミを手に居間に入ってきた。

「あったぞ、手を貸せ」

偉そうに言う悠貴の顔を見た瞬間、零次は名案を思いついた。

「そうだ悠兄！　今日の夜あいてる？」

「はっ？」

突然、目を輝かせて迫ってきた弟に、悠貴はポカンっとした。

「今日の夜さ、枳殻童話専門店に行かないか？」

「は？　なんで」

　みるみる不機嫌そうになる兄の顔に、零次は両手を合わせて頼み込んだ。

「理由はあとで話すからさ！　悠兄はあんまりほっこりさんと話もしたことないだろうし、お向かいさんとして仲良くしていくべきだと思うんだよな……それにさ、他のあやかしたちも紹介したいしさ」

「そんな必要ねぇだろ。だいたい、お前さ、あの店やあやかしには近づくなっていつも俺たちが言って……」

「──悠貴は、あやかし嫌い？」

　ふと、足下で哀《かな》しそうな声が聞こえて、二人は視線を下ろした。人童子は小さな体をしょんぼりとさせて、悠貴の足を掴む。

「人童子のことも嫌い？」

　目を潤《うる》ませる人童子に、悠貴は言葉を詰まらせた。

「いや、そんなことは……」

　ぎこちなく人童子の頭を撫でる悠貴に、零次はニヤリと笑った。

「人童子もあやかしだもんなぁ。近づくなって言われたら哀しいよなぁ」

「それとこれとは……」

「一緒だよ。それにさ、弟がこんなに頼み込んでるんだからさ、一つくらいお願いを聞いてくれてもいいんじゃないの？　もし聞いてくれないなら去年のことを神兄に言うからな」

「……」

去年のことと言われて、悠貴の顔色が変わった。

あれは零次と悠貴が東京の高校に通っていた時のことだった。いつものように登校した零次は、自分を呼び止める女の子の声に足を止めた。

ふと上を見ると、なんと女生徒が一人、学校の屋上から弱々しい声で零次を呼んでいるではないか。

嫌な予感がした零次は、急いで屋上に向かった。そこにいたのは悠貴のクラスの女子生徒だった。

零次の先輩にあたる彼女は、頬に涙を流して虚《うつ》ろな目でグラウンドを見つめている。なんだか怖くなって事情を尋《たず》ねると、彼女は悠貴に告白をして、ふられてしまったのだという。彼女の三年越しの恋だったそうだ。

おかげで、受験勉強にも身が入らず、成績を落としてしまった彼女は、志望校を諦めざるをえないところまで追い詰められていた。

彼女は延々と『どうして、お兄さんは私じゃだめだったんだろう』と聞いてくるので、そんなことは知りませんと言うわけにもいかず、零次はあらゆる言葉を尽くして彼女を慰《なぐさ》めた。このまま放っておいたら、飛び降りてしまいそうな恐怖があったのだ。

なんとか彼女を宥《なだ》めて、屋上から下ろした時には、すでにすべての授業は終わっていた。気づけば、零次は丸一日彼女を慰め続けていたのだ。

なんとか事なきを得たものの、風の強い真冬の屋上に居続けたせいで、零次は心身ともに疲労してしまい、大風邪《おおかぜ》を引いて三日も学校を休むハメになってしまった。

事情を聞いた悠貴は、さすがに顔を青くして零次に謝った。あとにも先にもあの時だけだ。悠貴が零次に頭を下げたのは。

厳密に考えると、彼女がセンシティブすぎただけで、素直に自分の気持ちを伝えて断った兄は何も悪くないのだが、悠貴が必要以上に責任を感じているようだったので、零次はここぞという時に、この話を持ち出しては兄におねだりをさせてもらっていた。

ちょっと卑怯《ひきょう》かもしれないが、こうでもしなければ、零次がこの次兄を思い通りにすることなどできないのだ。

「あの時、寒かったなぁ……怖かったなぁ……彼女、死んじゃうんじゃないかと思ってさ……そうしたら悠兄も辛《つら》いんじゃないかと思ってさ……俺、がんばったなぁ……おかげで熱が三十九度も出たけど」

「あー、もうわかったよ！」

ジャキンッ！　とハサミを鳴らして、悠貴が怒鳴った。

「行けばいいんだろ、行けば！　今日だけだからな！」

「やった！」

「やったじゃねぇよ、零次のくせに人を脅《おど》しやがって」

悠貴はブツブツ言いながら、零次の腕を掴んで包帯を切った。

「ちょ、うっかり手まで切るなよ？」

ジャキンジャキンと鳴るハサミの音が悠貴の苛立《いらだ》ちを表しているようで、零次は身を縮めた。

第二頁

スパルタ兄貴の恋愛指南

小雨《こさめ》が降る深夜に、零次《れいじ》は渋る悠貴《ゆうき》を伴って枳殻《からたち》童話専門店に赴《おもむ》いた。

「ああ、いらっしゃい零次君」

笑顔で迎えてくれた九十九《つくも》の周りには、座敷童子《ざしきわらし》や釜土守り《かまどもり》など常連の顔があった。今日も深夜の店は繁盛しているようだ。

「珍しいねぇ。悠貴君も来てくれたんだ」

「はぁ……」

「神《じん》も悠貴君もなかなか遊びに来てくれないから寂しかったんだよね。今日は来てくれて嬉《うれ》しいよ」

「どうも……」

仏頂面《ぶっちょうづら》のまま一応会釈《えしゃく》をする悠貴に、九十九が笑う。すると、会話を聞きつけたあやかしたちが、わらわらと集まってきた。

「零次のお兄ちゃん？」

座敷童子に問われて、零次は得意げに兄を紹介した。

「そう。俺の二番目の兄ちゃんの悠貴だよ」

「かっこいいねぇ！　きれいだねぇ」

座敷童子がグルグルと悠貴の周りを走ってはしゃいでいる。幼い姿をしていても乙女《おとめ》は乙女。座敷童子はとても面食《めんく》いらしい。

纏《まと》わりついてくる座敷童子に悠貴が顔をひきつらせていると、釜土守りが背後からヌッと顔を突き出して悠貴を覗《のぞ》き込んだ。

「いやだ。本当に男前じゃない。でも、ざんねーん。神ちゃんのほうが百倍も好みだわぁ」

そう言って悠貴に見切りをつけると、釜土守りは背を向けて去っていった。驚かされた兄の顔があからさまにイラついていたので、零次はとっさに天井を指さした。

「あー、ほら悠兄、天井を見て。蜘蛛男《くもおとこ》がいるよ」

「こんばんはっすー。昼間はどうもー」

不気味な姿で天井に張りついている蜘蛛男を見て、悠貴は一気に顔面蒼白《そうはく》になった。

「化け物屋敷かよ……」

話に聞いてはいたが、とんでもないところだと呟《つぶや》いて、悠貴は回れ右をした。

「やっぱり、こんなところに用はねぇ。俺は帰るからな！」

「ま、待って悠兄！」

「放せ、俺は化け物と遊んでる暇はないんだよ！」

「だめだって！　今日は悠兄にお願いがあって来てもらったんだから！」

「お願い？」

「ちょっと、こっちに来て」

「おい！」

体を張って悠貴を引き留め、零次は兄を店の中央へと引きずっていく。

その間も悠貴が暴れて帰ろうとするので、零次は必死に九十九に叫んだ。

「ほっこりさん、今日は水天《すいてん》さんは？」

「え、ああ。水天さんなら、奥で『美女と野獣《やじゅう》』を読んでる」

言われて見てみると、棚で死角になっているテーブルで、水天が本を読んでいた。

ページをめくると本が濡《ぬ》れてしまうので、兎三郎《うさぶろう》が一枚一枚ページをめくってあげている。ウサギの本性を知らなければ、なんとも微笑《ほほえ》ましい姿だ。

「悠兄、こっちこっち！」

零次は強引に悠貴を水天の向かいへと腰掛けさせた。

「いいから水天さん」

……これは読み直し

「いいからいいから。……へへへ。こんばんは、水天さん」

突然、騒がしい兄弟に襲来されて、水天はポカンっと口を開けた。

「お昼にも会ったよな。あ、これ俺の兄貴」

「ど、どうも。これはご丁寧《ていねい》に」

根が真面目《まじめ》なのか、水天は深々と頭を下げた。髪から滴《したた》る雫《しずく》が危うく本を濡らしそうになったので、零次は慌《あわ》てて本を持ち上げる。

「『美女と野獣』だね」

毛むくじゃらの野獣と、美女が寄り添っている美しい表紙だ。周囲に散らされた薔薇《ばら》が二人に花を添えていて、とても華《はな》やかな装丁の本だった。

「ほっこりさん、これって人と人外の恋の話なんだよね」

「う〜ん、まぁそう言ってしまうとそうなのかもね」

九十九は『美女と野獣』について語りだした。

『美女と野獣』は、二百五十年以上も前に書かれたフランスの民話だ。

ある商人が、仕事で町に出かけることになり、三人いる娘になにか買ってきてやろうとするのだが、欲のない末娘はなにもいらないと首を横に振る。それでも父親が欲しいものはないかと末娘に尋《たず》ねると、娘は薔薇の花が一本欲しいと言うのだ。

仕事が終わって父親は薔薇を探したが、どこにもなかった。諦《あきら》めて家に帰る途中、父親は道に迷ってしまい、ある屋敷に辿り着く。

屋敷に咲き乱れる薔薇の花に魅《み》せられて、父親はつい庭に侵入して薔薇を一本だけ折ってしまうのだ。

すると、屋敷から恐ろしい姿をした野獣が出てきて、大事な薔薇を盗んだことを怒る。許しを請《こ》う父親に向かい、野獣は娘を一人差し出せと脅《おど》すのだ。

話を聞いた末の娘は、父親のために自《みずか》ら野獣の屋敷へと向かう。

最初は恐ろしい野獣の姿に怯《おび》えていたが、彼の優しさに触れて、娘はしだいに心を開くようになるのだ。

そんなある日、父が病気になったので、娘は実家に帰ることになる。久しぶりに父親に会い、楽しい時間を過ごした娘は、野獣のもとに帰ろうとするが、上の姉二人に引き留められてしまう。

姉たちを説得しているうちに時が過ぎてしまい、野獣は娘がいなくなってしまったせいで死にかけてしまう。

それを知った娘は、急いで野獣のもとに帰ったのだが野獣は瀕死《ひんし》の状態で苦しんでいた。

娘が泣いて謝ると、野獣は娘の流した涙で呪いが解けて立派な王子様に戻った。というお話だ。

「もちろん、そのあと二人は末永く幸せに暮らしたんだけど、たとえ野獣が王子に戻らなくても、娘はきっと彼を愛したんだろうね」

九十九がそう言うと、水天が何度も頷《うなず》いて涙を流した。

「野獣がうらやましい……」

水天の中では、優しい末の娘が千香《ちか》で、野獣が自分なのだろう。恐ろしい野獣でも愛してくれた娘を千香に見立てて、あやかしの自分でも愛してもらえないだろうかと思っているのだ。

「あのさ水天さん。千香さんのことが忘れられないのはわかるけどさ、もう前に進まないと……」

「わかってるんだが、気持ちが追いつかないんだ……最近じゃ千香さんがよくこちらを見ているからドキドキして気になるし……」

「――でたわ～。妄想が……。あんた、グルグルと考えすぎなのよ。女は千香さんだけじゃないのよ。しっかりしなさいよ」

袖《そで》で目頭をぬぐいながら、釜土守りが水天を哀《あわ》れむ。水天が妄想じゃないと反論するので、零次は九十九と顔を見合わせた。

「ま、まぁ妄想かどうかはこの際置いておいて……大丈夫だって！　きっと千香さんのことを忘れられるって！」

「そうかな……」

俯《うつむ》く水天に、零次は横の悠貴を指さした。

「今日は悠兄が水天さんに恋のアドバイスをしてくれるから、聞いてみてよ！」

「はっ？」

これ以上にないほど驚いて、悠貴が目を吊《つ》り上げた。

「お前、なに言ってんだ急に！」

「なにって、こういう恋愛問題のアドバイスは悠兄が一番適任《てきにん》じゃん」

「はぁぁぁ？」

「だって悠兄スッゲーモテるじゃん。女の子の扱いには慣れてるだろ。水天さんが綺麗《きれい》に千香さんを諦められるように、いいアドバイスをしてあげてよ」

「なんで俺がそんな面倒くせぇことをしなきゃなんねぇんだ！」

「冷たいこと言うなよ！　水天さん、むちゃくちゃ悩んでるんだぜ？　悠兄のそのムダにモテるスキルをこういうとこで発揮しないでどうするんだよ！」

「ムダってなんだムダって！」

喧々囂々《けんけんごうごう》と兄弟で言い合っていると、向かいに腰掛けている水天がポツリと言った。

「結構です。誰にどんなアドバイスをしてもらったって、この気持ちはどうしようもないんで……」

「水天さん」

「千香さんと出会ったのは五年前です。新人の頃から、彼女は川の清掃を小まめにしてくれるとてもいい子だった。ずいぶん前に小さな子供が川に落ちてしまった時、彼女は自ら飛び込んで子供を助けたことがあったんです。その時の彼女はまるで観音菩薩《かんのんぼさつ》のように気高く美しかった。それからずっと、私は彼女の虜《とりこ》だ」

「……」

「私の心はいつまでも彼女に奪われたままだ。五年越しの恋がそう簡単に消えるとも思えないよ……。きっと、私は一生報われない想いを抱えて生きていくんだろうね……」

「――……うぜぇ」

気のせいだろうか。鬱々《うつうつ》と千香への思いを語っていた水天の目の前で、悠貴があるまじき言葉を吐いた気がした。

恐る恐る兄を見てみると、悠貴は綺麗な顔を苛立《いらだ》ちで歪《ゆが》めて、今にも吠《ほ》え出しかねない形相をしている。

「ゆ……悠兄……」

まずいと零次が思った時には遅かった。

「あああ、男のくせにいつまでもウジウジと……うぜぇんだよ！　水坊主！」

「悠兄っ！」

「――み、水坊主じゃなくて水天だよ悠貴君！　川の主だからね！」

どうでもいいことでフォローを入れる九十九を睨《にら》み、悠貴は怒鳴った。

「あんたも、こいつを甘やかしすぎなんだよ！　こんなバカを五年も放っとくな！」

「バ、バカって……」

「聞けば彼女は既婚者だっていうが、この際、旦那《だんな》がいようがいまいが関係ねぇ」

「え？」

「もっと言えば、あやかしだろうが人間だろうがどうでもいいんだよ！」

「ゆ、悠貴君」

オロオロする九十九に、悠貴は目くじらを立てた。

「根本的なことを考えりゃ、どうにもならねぇことだってのがすぐにわかるだろうが！

それをはっきり言ってやらねぇから、五年もウジウジ悩むはめになるんだよ！」

「……そうだけど」

ひとしきり関係のない九十九を責めたあと、悠貴は水天に向き直った。

「――いいか、よく聞け水坊主」

「いや、だから水坊主じゃなくて水天……」

あくまで名前にこだわる九十九を無視して、悠貴はずいっと水天に迫った。

「……千香さんは人間なんだよ」

「わ、わかってるよ……」

「わかってねぇだろ！　人間は水の中じゃ生きていけねぇんだよ！」

どこかで盛大に銅鑼《どら》の音《ね》が響《ひび》き渡ったかと思った。水天もみんなも脳天を殴られたかのような衝撃に襲われる。

「まさか、気づいてなかったとか言わねぇよな？　人間かあやかしかで悩む以前の問題だろうが。お前が陸の上で生きていけないように、千香さんも水の中じゃ生きていけねぇんだよ！」

「そ、それは……」

「お前は五年もの間、ずっと彼女を殺す算段をしてたのか！」

ガラガラピッシャーン！

偶然にも、外で雷が鳴った。

茫然《ぼうぜん》としている一同を尻目に、悠貴は静かに立ち上がる。

「ったく、なんで俺がこんなくだらねぇ話に付き合わなきゃならねぇんだ。男ならスパッと諦めて、彼女に祝いの花でも贈ってやれ！」

「悠兄」

「もう帰るぞ！」

零次に言い捨てると、悠貴は肩を怒らせて店を出ていった。

あやかしたちは呆気《あっけ》にとられて、乱暴に閉まった戸を見つめる。

「やだ……なんなのあの子。めちゃくちゃデリカシーがない言いざまで、めちゃくちゃ正論を吐いて去っていったわ……」

「あんまり当たり前すぎて、逆に気づかなかったっすね……なんか、嵐で家が吹き飛ばされたあとに、大切な仏壇《ぶつだん》だけが残ったような不思議な気持ちっす……」

「ようはあれじゃない？　物は言いようってことじゃない……？」

「それにしても、酷《ひど》かったっすね。あれでよく女性にモテるっすね」

釜土守りと蜘蛛男はブツブツと悠貴の文句を言っているが、自分たちが言いたかったことをズバリと言ってもらえたので、どこか清々《すがすが》しささえ感じているようだった。

「お、おい。大丈夫か？　水天」

抜け殻《ぬけがら》のようになって机の上に突っ伏してしまった水天を兎三郎が慰《なぐさ》める。あまりの兄の暴言に、ぼうっとしていた零次はようやく我に返った。

「ご、ごめん、水天さん！　悠兄が酷いことを言って。普段からちょっと乱暴な人だから、言い方もきつくて……」

「いいんだ、零次君……悠貴君の言うとおりだよ」

俯いたままの水天の声がくぐもって返ってきた。どうしていいかわからずに九十九を見ると、彼は微笑を浮かべた。

「なんて顔をしてるの。大丈夫だよ」

「悠兄には失恋する人の気持ちがわからないんだ。アドバイスなんか頼まなきゃよかった」

すっかり落ち込んでしまった零次の頭を、九十九がポンポンッと叩《たた》く。

「いいんだよ、誰かが言わなきゃならないことだったしね。ね？　水天さん」

九十九の言葉に、水天がコクリと頷いた。その横顔はいつも以上に悲しそうだ。なんとか彼を元気づけたいと思っていたのに、悠貴のせいで台無しではないか。

帰ったら兄に一言文句を言ってやろうと決意し、零次は鼻息を荒くした。

第三頁

兄弟ゲンカは犬も食わない

その日の朝は、せっかくの土曜日だというのに重苦しい食卓だった。

兄弟揃《そろ》っての朝食は不機嫌全開の零次《れいじ》と悠貴《ゆうき》のせいで、彩佳《あやか》が作った味噌汁《みそしる》の味もほとんどしない。

居心地の悪さに耐えられず、とうとう神《じん》が次男と三男に声をかけた。

「……お前たち、ケンカでもしたのか？」

「別に」

サラリと悠貴が流して焼《や》き鮭《じゃけ》に箸《はし》を伸ばす。その態度にカチンッときて、零次はこれ以上にないほど眉間《みけん》に皺《しわ》を寄せた。

「ちょっと、なんて顔をしてるのよ零兄さん。せっかくの爽《さわ》やかな朝なのに、うっとうしいわよ」

「うっとうしくて悪かったな」

珍しく低い声で言い返し、零次はフンッと鼻を鳴らした。どんな時でも明るくて騒がしい零次がこんな怒り方をするのは珍しいので、兄妹《きょうだい》は顔を見合わせた。

「ちょっとちょっと、昨日の夜までは二人とも普通だったじゃない。たった一晩のうちに何が起こったのよ」

「なにもねぇよ」

心配する妹の言葉にも悠貴は顔色一つ変えない。そんな兄に我慢ができず、零次は箸を置いた。

「悠兄に恋愛アドバイスなんか頼むんじゃなかった」

「――恋愛アドバイス?」

事情を知らない神が、ギョッとして零次を見る。いったい誰の恋愛アドバイスなのか聞かれたが、零次は答えなかった。水天《すいてん》の名を出せば話がややこしくなるからだ。

説明できずに困っていると、悠貴の舌打ちが聞こえた。

「今さらなに言ってんだ。お前が泣いて頼んできたんだろうが。俺の性格を知ってたら、どうなるかぐらい想像できただろうが」

「泣いてねぇよ!　……だいたい、なんで開き直ってるんだよ」

「あ?　開き直ってねぇよ」

「あんな酷《ひど》いことしといて、平然としてる神経が信じらんねぇ……悠兄を信用してた俺がバカだった！」

「――だから、なんの話だ！　お前たち本当に夜中になにがあったんだ」

弟たちの不穏な言い争いを、神は青い顔で遮《さえぎ》った。

「まったく、いいかげんにしろ。ケンカもほどほどにしろよ。兄弟で協力し合って暮らしていくって約束しただろ」

「わかってるよ……」

それを言われては反論ができないので、零次はムスッとしたまま頷《うなず》いた。神は軽く息を吐いて口角を上げる
「……で、何があったんだ？　怒らないから言ってみなさい」

言い方は優しいのに、神の目は笑っていない。それが怖くて零次は怯《ひる》んでしまった。

「な、なんでもないよ！　神兄が心配するようなことじゃないし！」

なんとかこの場から逃げるために、早々に朝食を済ませた零次は、急いで席を立った。

「どこに行くんだ？」

「川畔《がわはん》。頭を冷やしたいから、散歩してくる」

神にそう答えて、零次は駆け足で居間を出た。

　家を出た零次は、さっそく枳殻《からたち》童話専門店に向かった。

　九十九《つくも》はもう店に出ていて、開店の準備をしていた。

　いつも思うが、この人は昼間も深夜も店を開けていて、いったいいつ寝ているのだろう。元々ショートスリーパーだと聞いているが、それにしても働きすぎだろう。

「おはよう、ほっこりさん」

「おはよう。今日は早いね、零次君」

「うん、なんだか水天さんのことが気になっちゃってさ。あれからどうだった？」

　自分が帰ったあとも、九十九たちは水天を慰《なぐさ》めてくれていたはずだ。悠貴の無礼を改めて詫《わ》びると、九十九は軽やかに笑った。

「いや、それがさ、あのあとなんか悠貴君の一喝が効いたみたいで、水天さんが『美女と野獣《やじゅう》』を卒業するって言い出したんだよね」

「えっ？」

　意外な言葉に、零次は大声を出して驚いた。

　昨夜のあのやりとりで、どうしてそんなことになるのか、零次には理解ができない。

「な、なんで？」

「さぁ？　けど今度は『人魚姫』を読み出しちゃってね」

「『人魚姫』って……」

また、人外と人間の恋物語だ。

しかも、今度は報われない恋心を抱えた人魚が、泡になって消えてしまう悲恋ものではないか。

「な、なんか悪化してない？　大丈夫？」

「そうかな？　俺はそうは思わないけどね」

本棚の埃《ほこり》をハタキで払い落としながら、九十九は『人魚姫』の絵本を取り出した。

「確かに『人魚姫』は悲恋ものだけどさ、いつまでも千香《ちか》さんとの未来を夢見て幻想に浸ってるより、ちゃんと現実を受け止めて、恋を諦《あきら》める方向にシフトできたんだって思ったら、俺は安心したな」

「……そうなんだ」

「まぁ、ちょっと物語の内容的には荒療治かもしれないけどね。……今度は人魚がかわいそうだって泣いてた。本当、繊細なあやかしだよね。水天さんは」

苦笑する九十九のことを、零次は尊敬の面持《おもも》ちで見つめた。さすがに大人だけあって考え方が深い。単純な自分とは大違いだ。

「じゃあ、水天さんは悠兄のこと……」

「感謝してたよ。本当は誰かにガツンと言ってもらって、自分の心にケリをつけたかったのかもしれないね」

「……」

今朝、不機嫌そうに朝食をとっていた兄の顔を思い出して、零次は戸惑う。

悠貴はそこまで見越して、あんな態度をとったわけではないというのに、結果的に事態が良いほうに転んでしまっているのが癪《しゃく》に障る。

これがいつもの悠貴のパターンだ。あんなに歯に衣《きぬ》着せぬ言葉をポンポン吐くのに、結局それが的を射ているものだから、物事が丸く収まってしまう。そして、なぜかいつも感謝されるのだ。

それだけ、兄が何かをもっている、ということなのだろうが、零次はどうにも納得がいかない。

「まぁ、水天さんが立ち直れそうならそれでいいけど……」

「だから、悠貴君とケンカしたらダメだよ」

「う……っ」

すべてお見通しの九十九に、やんわりと釘《くぎ》を刺されて、零次は顔を赤くした。

いつまでも怒っている自分がおかしいのだろうか。

なんだかわからなくなってくる。

「素直だねぇ」

感情を隠さない零次に、九十九はクックと笑った。

「……でも、一つだけ気になることがあるんだよねぇ」

「気になること？」

「例のあれだよ。千香さんが水天さんを見てるって話。……昨日も『人魚姫』を見ながら散々言ってたから、もう妄想とも思えなくてね……」

「……」

「どういうことなのか、ちょっと千香さんに話を聞きに行ってみようかと思ってるんだ」

「え？」

「五年も恋をこじらせてる水天さんを放っておいた俺の責任もあるしね。昨夜、悠貴君に散々叱《しか》られて反省したよ」

茶目《ちゃめ》っ気《け》たっぷりに片目を閉じて、九十九はハタキを動かす。

「本当はね。放っておいてるつもりはなかったんだけど、他人の恋なんてものは俺がどうこうできるものじゃないし、俺もどちらかというと疎《うと》いほうだから、どうしてあげたらいいのかわからなかったんだよね。でも、昨日悠貴君に叱られて目が覚めたよ。人間とあやかしの間に入るなんて、俺にしかできないことだったのにね。言い方は乱暴だけどさ、零次君のお兄さんは優しい人だよ」

「ほっこりさん……」

零次はギュッと拳《こぶし》を握った。

九十九は、自分なんかより数倍も悠貴のことがわかっている気がする。

「じゃ、じゃあ俺も行く！」

いてもたってもいられず、零次は九十九に申し出た。

「俺も千香さんと話がしてみたいし！　水天さんの力になりたいし」

「……」

九十九はわずかに目を見開いていたが、やがて目尻を下げて頷いた。

「ありがとう。神の弟たちは、本当にいい子ばかりだなぁ……」

◇

土曜の観光地は人で溢《あふ》れかえるので、早い時間帯に千香のいる店に赴《おもむ》くと、彼女は店の前を箒《ほうき》で掃《は》きながら開店の準備をしていた。

零次たちが近づいていく間にも、彼女は時々手を止めて、川に目を凝《こ》らしているように見えた。やっぱり、千香はなんらかの目的をもって川を見ているようだった。

「おはようございます」

何気ないふりを装って九十九が声をかけると、千香はパッと顔を明るくした。

「おはようございます、枳殻さん。今日もいい天気ですね」

「ええ。きっと観光客も多いですよ」

「嬉《うれ》しい悲鳴になるといいけど」

同じ地区で働く者同士、千香とは顔なじみだが、会話らしい会話をしたことがないと九十九は言っていた。だが、その割にはお互いに気安く挨拶《あいさつ》を交わしている。

接客商売なだけあって、二人とも当たり障りのない会話は得意なのだろう。零次は九十九の後ろに控えて、じっと千香をうかがった。

近くで見ても、彼女はとても綺麗《きれい》だ。少し痩《や》せすぎなのが心配だが、肌には艶《つや》があるので、元々食べても太らない体質なのかもしれない。

「そちらは？」

千香が、零次に笑顔を向けてくる。

「ああ、彼は東町《ひがしまち》に越してきた初瀬《はつせ》さんちの零次君です。高校生ですよ」

「高校生？　かわいいなぁ」

大人の綺麗な女性にかわいいと言われて、零次はドキッとした。

「こ、こんにちは。初めまして！」

初対面なので元気よく挨拶をすると、千香はクスクスと笑って肩を揺らした。

ちょっと舞い上がってしまい、恥ずかしく思っていると、背後の川からパシャンッと水音が聞こえた。

振り向くと、川の中に水天がいた。

こちらをじっと見つめているので、なぜ九十九たちが千香と話をしているのか不思議に思っているようだ。

ふと見ると、先ほどまでにこやかだった千香の笑顔が消えていた。彼女は何か思いつめたような表情で、じっと水天のほうを見ている。

もうこれは、確実に彼女の目に水天が映っているのではないかと思い、零次はソワソワしてしまった。

「あの、どうかしましたか？」

「え？」

「さっきから、川を見てるから」

「あ、ああ……ごめんなさい」

零次が指摘すると、千香は我に返ったように謝ったが、その目は水天から離れてはいなかった。

どこか千香がぼんやりとして見えて、零次は心配になった。なおも彼女に話しかけようとすると、九十九に止められた。

「なにか、見えますか？」

九十九の問いに、千香はどこか悲しそうに目を伏せた。

「ええ。キラキラと……きれい」

「キラキラ？」

思わず水天を見ると、彼は大慌《おおあわ》てで自《みずか》らを見まわした。しばらくして、あっと声をあげた水天は、首からぶら下げていた銀のネックレスを掲げてみせた。

大きな蜘蛛《くも》をトップにあしらったネックレスに、零次はギョッとする。あれは、間違いなく蜘蛛男《くもおとこ》があやかしたちに配っているアクセサリーだ。

「水につかると錆《さ》びるから、蜘蛛男が定期的に新しいアクセサリーを水天さんにプレゼントしてるんだ」

こそっと九十九に耳打ちされて、零次は顔を覆いたくなった。

千香は、水天が見えていたわけではなく、蜘蛛のアクセサリーが水面に光って見えていたから、目を奪われていただけなのだ。真相がわかってしまえば、なんということはない話だった。

淡い期待を打ち砕かれて、しょんぼりしている水天を気の毒に思っていると、千香がポツリと言った。

「あれが、携帯電話だったらよかったのに……」

「え？　携帯？」

予想外の言葉に九十九が問い返すと、千香は水天を見たまま言った。

「携帯……なくしちゃって。ずっと捜してるんです」

「携帯って、じゃあしきりに川を見てたのは……」

「時々川がキラキラしてるから、ひょっとして携帯電話が川に落ちてるんじゃないかと思って……」

「川で落としたんですか？」

「いいえ。どこで落としたかわからないんです。だけど、川に転がり落ちちゃってるかもしれないし。水につかってても防水だったから、もしかしたらまだ使えるかもしれないって思っちゃって……」

「……」

千香が何かを思いつめているように感じるのは気のせいだろうか。

理由を深く聞いてはいけない気がしていると、千香がハッと目を見開いた。

「ごめんなさい、私ったら。……ちょっと大事な携帯電話だったから諦めきれなくて」

「大事な？　他の携帯に変えるわけにはいかないんですか？」

九十九の言葉に、千香ははっきりと頷いた。

「あの携帯電話じゃなきゃダメなんです」

「……」

千香の目が強い意志の光を湛《たた》えたように見えた。他の携帯電話に変えることなど微塵《みじん》も考えていないようだ。

どうしてなのだろう。

困惑していると、二人を横目に千香が腕時計に目をやった。

「大変、そろそろお客さんが増える時間帯ですよ」

箒を片手に、会釈をして店に戻ろうとした彼女に、零次は声をかけた。

「あの……、携帯電話を捜すのを手伝いましょうか？」

千香はわずかに驚いたような顔をしたが、やがて笑顔で首を横に振った。

「ううん、ええんよ。なくしたのは私の不注意じゃし……気長に捜すわ！　ありがとう、零次君！」

そう言って店の中に消えていった彼女を見送って、零次は九十九と顔を見合わせる。水天も難しい顔をして水の中に潜ってしまった。

なぜ千香がその携帯電話にこだわるのかはわからないが、きっと捜してあげたいと水天は思っているはずだ。

もし、この地区のどこかに携帯電話が落ちているなら、誰かが拾っている可能性がないわけではない。

それでも、千香が諦めきれないというなら、今後はなるべく捜して歩くようにしようと零次は思った。

◇

月曜日は、朝から雨が降っていた。

学校からの帰り道、倉敷《くらしき》駅の改札を通ると、前方に悠貴の姿が見えた。

帰宅時間がまたかぶってしまったと思いながらその背中を見つめていたが、気づかないふりをするのは、なんとなく嫌だったので、零次は走って兄の横に並んだ。

悠貴は突然現れた弟に驚いていたが、何も言葉を発しなかった。

駅を出て傘を差すと、距離が少し遠くなる。しばらく無言のまま並んで歩いていたが、業《ごう》を煮やしたのか悠貴がチラリと零次を見た。

「なんだよ」

「……そっちこそ、なんだよ」

かわいげのない言い方で返すと、パコンと頭を叩《たた》かれた。あまり会話も弾《はず》まないままに川畔に着くと、悠貴が家とは逆の方向に歩き出した。

「どこに行くんだよ」

声をかけると、兄はヒラヒラと手を振って本屋と答えた。医学書を買いに行くのだというので、零次はそれを見送る。

結局、兄との改まった和解はできなかったが、たぶん、こんな感じで徐々に普段通りに戻っていくのだろう。

男兄弟なんてこんなもんだ。

なんとなく心が軽くなったような気分で、零次は川畔を歩く。

まっすぐ家に向かっていると、見知った顔があった。九十九だ。

観光客が差す傘の花に交じって、九十九が下を見ながら歩いている。度々、土産物屋《みやげもの》の看板の下や柳の木の下を注意深く見ているので、零次はすぐにピンッときた。

「ほっこりさん！」

声をかけて走り寄ると、九十九は相好《そうごう》を崩した。

「お帰り」

「ただいま。ひょっとして千香さんの携帯電話を捜してるの？」

「うん。出てくる可能性は低いだろうけどね。じっとしてられなくてさ」

雨が降っていると客足が遠のくので、自由に動きやすいのだ。だから、こんな日にわざわざ携帯電話を捜しているのだろう。もしかすると、九十九は朝からこの辺一帯を回っていたのかもしれない。

「俺も捜す」

困っている人を放っておけない性分なのは零次も同じだ。水天と千香のためにできることといったらこれくらいなので、喜んで協力したかった。

「ありがとう。でも、町はあらかた回ったんだよね……」

美観《びかん》地区はさほど広い地区ではないので、半日で回れてしまうのだ。探しものをしていたとしても、丸一日あれば十分だ。

「あとは死角になってるところとか……。建物内とか……。でも、千香さんが立ち寄りそうなところでないと捜しても意味がないしね……」

よく考えたら、千香自身も町内は自分で捜し回ったはずだ。それでも見つからないということは、ここにはもうないのかもしれない。

どうしたらいいのだろうと、二人で考え込んでいると
「――あのぉ、大丈夫ですか？」

川に掛けられた小さな石橋から、妙に不審げな女性の声が聞こえた。

石橋に目をやった零次と九十九は、心臓が跳《は》ねるほど驚く。

なんと、橋の真ん中に、びしょ濡《ぬ》れの水天の姿があったのだ。佇《たたず》むようにして立つ彼の側には、あからさまに不思議そうな顔をした若い女性がいる。

「あの……傘なら、あそこのお店で売ってましたよ？」

観光客らしき女性は、心配そうに水天に声をかけている。

彼女には水天がはっきりと見えているのだが、あやかしだとは気づいていないようだ。

水天のことを人間と思い込んでいる彼女は、雨の中で傘も差さずにいる男のことを、放

っておけなかったのだろう。

水天はオロオロして、女性に『すみません、大丈夫です』と何度も頭を下げている。九十九は一も二もなく水天のもとへ駆けつけた。

「水天さん！　こんなところでなにをやってるの！」

「つ、九十九……」

救世主が現れて、水天はホッとしているようだった。

「すみません、ご迷惑をおかけして。初めての場所で迷ったみたいで……。ほら、傘を車まで取りに行くんだろ？」

水天に己《おのれ》の傘を差しかけながら、九十九がとっさに道に迷った観光客を装うと、女性は納得したように安堵《あんど》の息を吐いた。

「そうだったんですか。びしょ濡れだったから、なんだかかわいそうで。いきなり声をかけちゃってごめんなさい」

女性は笑顔で去っていき、近くの蕎麦《そば》屋へと入っていった。一人旅には見えないので、誰かがあそこで待っているのかもしれない。

「まったく。びっくりしたよ水天さん」

事なきを得て九十九が胸を撫《な》で下ろすと、水天は面目《めんぼく》なさそうに俯《うつむ》いた。

「ごめん、九十九」

「……いいよいいよ。でも、時々いるんだよね、無自覚にあやかしが見えちゃう人が。ここは全国からいろんなタイプの人間が来るんだから、気をつけなきゃダメだよ」

「はい」

反省しきりで、水天は頷いた。

「水天さん、陸に上がったりして、今日はどうしたんだよ」

周囲に聞こえないように、零次は小声で問う。

人間に化けることができないあやかしは、いらぬトラブルに巻き込まれないように、昼《ひる》日中《ひなか》にはあまり人の多い場所には、出ないようにしていると聞いている。

残念ながら水天は蜘蛛男のように人間には化けられないので、特別なことがない限りは、たとえ雨が降っていても、昼間には川から上がらないはずだ。

「……せっかく雨が降ったから、千香さんの携帯電話を見つけてあげたくて」

やっぱりそうか。

水天が落ち込んだように言うので、零次たちはそれ以上何も言えなくなってしまった。

九十九や零次でさえ、なんとかして携帯電話を捜してあげたいと思っているのだ。千香に一途《いちず》な思いを寄せている水天が、なにも行動を起こさないはずがないのだ。

「川の中には、なかったの？」

「ああ。できるだけ捜してみたんだが、見当たらなくてね……。だから、やっぱり、陸にあるんじゃないかと思って……」

「陸のほうは、俺に任せてって言っただろ」

言い聞かせるように九十九が言うと、水天はますます項垂《うなだ》れた。

「ごめん」

「謝らなくていいってば」

「でも……――っ？」

突然、水天が顔を強張《こわば》らせて動かなくなってしまった。どうかしたのかと、彼の視線を追うと、千香がこちらへ歩いてくるのが見えた。

淡いブルーの傘を差し、手には小さなバッグを持っている。店のエプロンを着けていないところを見ると、家に帰るために駐車場に向かっているのかもしれない。

「ど、どうしよう、どうしよう！　私はこんな格好で。濡《ぬ》れ鼠《ねずみ》じゃ恥ずかしいよ！」

「いやいや、彼女には見えてないから。水天さん」

慌てふためく水天を九十九が落ち着かせていると、千香は通りかかった茶店の前で、着物姿の女性に呼び止められた。

女性は千香と同じ歳《とし》ぐらいに見える。茶店の店員らしく、着用しているエプロンには、店の名前が大きく刺繍《ししゅう》されていた。

「うん。千香ちゃん、もう帰りなん？」

「千香ちゃん、もう帰りなん？」


「うん。今日は早引けさせてもらって病院に行こうと思って」

病院と聞いて、水天の顔が蒼白《そうはく》になった。

「早引けするなんて、千香さんはどこか悪いのかい？」

「さぁ？　見た限りは元気そうだけどね」

安心させるように九十九がそう言ったが、水天はとても心配そうだ。

「――今度、春の嵐が来るんじゃって？」

「そうみたいじゃな。ここんところ雨がよう降るけぇ、川の増水が心配じゃわ」

千香は憂《うれ》いを帯びた表情で川を見つめた。そういえばと、零次はこの前に見た天気予報を思い出す。気象予報士の話は、温帯低気圧が急速に発達して嵐が直撃するのではないかと言っていた。

川の近くに軒《のき》を連ねる店にとって、大雨による川の増水は気が気ではないのだろう。

あまり災害が多い県ではないと聞いているが、油断は大敵だ。

「――ところでさぁ、この前、うちの店長がな……」

女性たちの会話は天気から取り留めのない世間話へと移行していった。こうやってコロコロと話が変わるのは女性の特徴だ。

茶店の店長のドジ話を、千香は楽しそうに笑って聞いている。

彼女たちの会話が聞こえてくるので、つい聞き耳を立てていると、着物の女性は、ふと優しい眼差《まなざ》しになって千香の腕を叩いた。

「あんた、最近よう笑うようになったなぁ。……いろいろあったけど、ちょっとずつ元気になっとるんじゃな」

「……まぁ、がんばって働かんといけんしね。お店じゃ泣いておられんもん」

曖昧《あいまい》な表情で返す千香に、女性は申し訳なさそうに眉を寄せた。

「なんか、ごめんな。うちらは励《はげ》ますことしかできんけぇ」

「なに言うとんよ、励ましてくれるだけでも力になるんよ、ありがとう」

「あんた、強いなぁ」

「強くないよぉ」

千香は声を立ててカラカラと笑った。

事情を知らない零次から見ても、その笑いは空元気のように思えた。

見ると、水天も不安そうに千香を見つめている。会話の意味が気になってしょうがないのだ。

いろいろあったとはなんなのだ。いったい、彼女の身に何が起こったのだろう。

しばらくして、茶店に若いカップルが入っていった。それを見て、着物の女性は残念そうに肩をすくめる。

「――休憩は終わりじゃわ。サボってたら怒られる」

「あんたんとこの店長さんは怖いんじゃけぇ。早く店に戻り」

「うん、時間が合えば明日ランチでも食べに行こうな」

「はーい、お疲れ様ー」

女性と別れた千香は、そのまま零次たちのほうに向かってくる。

彼女は、この石橋を渡るのだ。

水天はギュッと拳を握りしめた。彼の緊張が伝わってきて、零次まで息が苦しくなる。

「あら、枳殻さん、零次君。こんにちは！」

明るく千香に声をかけられて、九十九は笑顔を返した。

「こんにちは、千香さん」

「これから雨が酷くなるんですって。春とはいえまだ肌寒いから、風邪《かぜ》をひかないように気をつけてくださいね」

思いやりのある言葉をかけてくれながら、千香が零次たちの横を通り過ぎようとしたその時、

「――ち、千香さん！」

突然、水天が千香に声をかけた。

零次はギョッとして水天を見る。彼女に直接話しかけるのはこれが初めてなのか、水天の体はブルブルと震えていた。

「あ、あの……！　なにがあったのかわからないですけど、元気を出してください。私は、ずっとあなたのことを見守ってます！　携帯電話もきっと見つけ出しますから！」

水天は必死に叫ぶが、無情にも千香は気がつかない。チラリとこちらを見ることもなく行ってしまった彼女の背中を、水天はいつまでもいつまでも見送っている。

零次は胸をつかれて涙ぐんだ。

存在にさえ気づいてもらえないなんて、この恋は、なんて切ないのだろうか。

「零次君……」

ポンポンッと九十九に頭を叩かれて、零次は慌てて涙をぬぐった。

自分が泣くのは、違う。

あんなに繊細で、涙もろいあやかしでさえ、泣いていないのだから……。

「千香さんの言うとおり、雨が強くなってきてるね……」

九十九はわずかに目を細めて、空を見上げた。大粒の雨は、水天を守るように降りしきる。

文字通り、この雨は水天にとって恵みの雨なのだ。

「それでも、川のほうが温かいのかもね。……水天さん……そろそろ帰ろうか？」

「……」

やんわりと促《うなが》す九十九に、水天は静かに頷いた。

第四頁　美女と野獣と人魚姫

次の日は、昨日と打って変わって晴天だった。

これが嵐の前の静けさかと思いながら、水天《すいてん》はスイスイと川の中を泳いでいた。

夜も十時を過ぎれば、川畔《かわはん》に人の気配はほとんどなくなる。

静かなこの時間に、こうやって夜空に浮かぶ月を眺めながら泳ぐのが、水天は好きだった。

（今日は満月だ……）

夜空に丸く光る月に手を伸ばして、水天は唇《くちびる》を噛《か》む。

こうしている間は、千香《ちか》への恋心を忘れられる気がするのだ。

（って、無理な話だな）

やはり、月に千香の顔が浮かんでしまうので、水天は己《おのれ》の諦《あきら》めの悪さに苦笑した。

いつまでたっても前を向けないのは、よくないとわかっている。これでは、悠貴《ゆうき》に叱《しか》られてもしかたがない。

（今度、雨が降ったら九十九《つくも》の店に行こう）

店で再び『人魚姫』を読もう。

『人魚姫』は哀《かな》しい話だけれど、それでも今の自分には必要な童話だ。

どんなにがんばっても、報われないことが世の中にはあるのだと、自分はちゃんとわからなければいけない。

悠貴の言うとおり、千香とは住む世界が違うのだから。

水天は瞳《ひとみ》を閉じて、水の奥深くに潜っていった。


どれくらい時間がたっただろうか。ぼんやりと水の中が明るくなった頃に、水天は目を覚ました。

ゆっくりと水面にあがると、白壁《しらかべ》の町はうっすらと明るくなっている。もう日の入りのようだ。

ひと気のない早朝の町を見渡していた水天は、思いもかけない人物を見て心臓を止めた。

「……ち、千香さん」

なんと、千香が一人で白壁の町を歩いているではないか。まだ太陽が出たばかりで、起きている人間はほとんどいない時間だ。もちろん、出勤時間にも早すぎる。

下を見ながらいろんな店の周りを回っている彼女を見て、水天は悟《さと》った。

人のいないこの時間を狙《ねら》って、彼女は携帯電話を捜しに来たのだ。

「ここにあるとええんじゃけど……ここだけは捜してなかったし」

千香は独り言を呟《つぶや》きながら、コンクリート舗装《ほそう》された道から、川縁《かわぶち》に作られた岸の上に下りてきた。そこは細い畔《ほとり》で、柳の木が植えられたりしているので、観光客はほとんど下りてこない場所だった。

道の上で落とした携帯電話が、ここに転がり落ちた可能性は十分にある。千香は草をかき分けたり、木の下を見たりしながら一生懸命《いっしょうけんめい》に携帯電話を捜していた。

一緒に捜してあげたい衝動にかられ、水天は川に潜って携帯電話らしき物を捜すが、やはり見当たらない。水中は自分があれだけ捜したのだから、ないことはわかっていたのだ。

もう、あるとしたらあの細い畔だけだ。

(がんばれ、千香さん)

不謹慎《ふきんしん》にも二人きりのこの時間に幸せを感じながら、水天は千香を見守り続ける。

一本の柳の木の裏を見た時、千香の顔がみるみる輝いた。

「あった……あった！」

歓喜に満ちた声をあげて、千香は緑色の携帯電話を手に取った。スマートフォンではなくガラケーと呼ばれる二つ折りの携帯電話だ。

柳の木の下で、草の中に紛れていたようだ。

「あったよ、翔《しょう》ちゃん。あったよ……！」

千香は、涙ぐんで携帯電話を抱きしめた。

翔ちゃんが誰なのかはわからないが、千香にとってはとても大事な携帯電話だということはよくわかる。

千香と同じように喜んで、水天は笑顔になった。

「よかった。よかったね」

彼女に聞こえないのを承知で、水天は声をかける。

「……電源が切れとる」

千香は携帯電話をいじりながら、階段に向かった。細い道を危なげに歩いているので、水天がハラハラしていると
「――っ」

一瞬、千香はお腹《なか》を押さえて顔をしかめた。

そのまま彼女は体のバランスを崩して川の中へ落ちてしまったので、水天は慌《あわ》てた。

「きゃあ！」

「千香さん！」

水天は動転しながら彼女のもとへと泳いだ。

川の中でもがいている千香の腕を取ると、その手から携帯電話がこぼれ落ちた。沈んでいくそれを水天が摑《つか》むと、わずかに千香の目が開いた。

「金…魚……？」

確かに、彼女の唇がそう動いた気がした。

水天はドキドキして、千香を見つめる。

今は人のような姿形をしているが、水天の本性は金魚だ。あやかしになってしまってから数百年もたち、水天でさえ元が金魚であることを忘れてしまっていたというのに、千香はなぜ自分の姿が金魚に見えたのだろう。

ひょっとしたら、彼女を救いたいと願う水天の強い思いが、彼女に幻覚を見せてしまったのだろうか。

水天は水面に顔を出すと、必死に彼女を岸へ押し上げた。

土の上に転がった千香は、幸い息はしっかりとしているものの、下腹部を押さえたまま苦しんでいる。

「ち、千香さん。しっかりして！」

川の中から呼びかけるが、彼女は青い顔で呻《うめ》くだけだ。

水天はオロオロして周囲を見回した。

こんな朝早くでは、まだ誰も通らない。見上げると空は雲一つなくいい天気だ。雨が降らなければ水天は陸に上がれないというのに、空は残酷《ざんこく》だ。

かろうじてある連絡手段は千香の携帯電話だけだが、あやかしである水天には電話の使い方もわからなければ、誰をどう呼んでいいのかもわからなかった。

「九十九……九十九！」

たった一人だけ浮かんだ人間の名を叫び、水天は再び空を見上げた。

もう、迷ってなんかいられない。

「千香さん、もう少し辛抱してて！」

そう言うと、水天は岸へと上がった。

千香を抱き上げ、水天は九十九の店に走る。今この状況を助けてくれる人間は九十九だけだ。

ふと見ると、千香を抱く両手がわずかにひび割れている。こんな時に水天は悠貴の言葉を思い出した。

『お前が陸の上で生きていけないように、千香さんも水の中じゃ生きていけねぇんだよ！』

本当にその通りだ。

それでも自分が犠牲《ぎせい》になるのは構わなかった。

「待ってて、千香さん。絶対に助けるから！」

青白い彼女の顔に再び笑顔を取り戻すために、水天は死を覚悟した。

「九十九！」

ようやく枳殻《からたち》童話専門店に辿《たど》り着いて、乱暴に扉を開く。中には九十九といつもの常連のあやかしたちがいた。

この店が、あやかし用に提供する時間は午前四時までだ。

それでも、まだ釜土守《かまどもり》たちが居座っているのは、常連ならではの図々《ずうずう》しさだろう。

「す、水天さん！　どうしたの？」

九十九は、千香を抱きかかえて飛び込んできた水天に血相を変えた。人童子《ひとわらし》と遊んでいた兎三郎《うさぶろう》も、大慌てで水天の周りをグルグルと回る。

「今日は雨が降ってねぇのに、なんでこんなところに来てんだよ！　お前、干からびちまうぞ！　大丈夫なのか？」

「そ、そんなことより千香さんが……！」

水天は、足下のウサギを蹴《け》り飛ばしかねない勢いで九十九に迫った。

「千香さんが死んでしまう！　お願いだ、助けてくれ！」

◇

ボスンボスンッ！　と、腹の上を跳《は》ねる何者かによって、零次《れいじ》は強制的に目を覚まさせられた。

「うぐ……っ。な、なに？　なんなんだよ！」

「零次、起きて起きて！」

零次の布団《ふとん》の上で何度も飛び跳ねながら、人童子は大変だと大騒ぎをしている。

「わかったから！　どうしたんだよ！」

腹を潰《つぶ》されながら、零次は人童子を捕まえた。こんな起こし方をされたことがないので、零次は混乱する。見ると、外はまだ薄暗いではないか。

「五時過ぎって……なんだよ、いったい」

目をしょぼしょぼさせて起き上がると、人童子が救いを求めるように飛びついてきた。

「零次、千香さんが大変！」

「へ？」

「千香さんが死んじゃう！」

人童子の口から予想外の言葉が出てきて、零次は一気に脳を覚醒《かくせい》させた。

「死んじゃうって……千香さんがどうしたんだよ？」

「お腹を押さえてて苦しそう！　今、九十九のお店にいる！」

「なんだって？」

仰天《ぎょうてん》して、零次はベッドから飛び降りた。

人童子の説明だけでは何が何だかわからなかったが、とにかく一大事が起こっているようだ。

零次はパジャマのまま隣の部屋に駆け込んだ。

「悠兄！　起きて！」

「ん？」

突然、弟に体を揺さぶられて、悠貴は強制的に目を覚ます。

「なんだよ……もう」

「なんだよじゃないって！　起きろってば！」

寝ぼけ眼《まなこ》の悠貴の頬《ほお》を叩《たた》き、零次は必死に訴えた。

「俺もよくわからないけど、千香さんが死にそうなんだって！　一緒に来てくれよ！」

「あー？」

「あーじゃないって！　悠兄医大生だろ！」

といっても、まだまだ教科書ぐらいの知識しかないだろうが、いないよりはマシだ。

「悠兄！」

元々、寝起きの悪い兄を無理やりに起こし、零次は悠貴を引きずった。

「わかった、わかったって……なんなんだよ、まったく」

ようやく目が覚めてきたのか、悠貴はしっかりとした足取りで枳殻童話専門店に向かっていく。

零次は頼もしさを感じながら、兄のあとをついていった。


兄弟二人で店に入ると、中は思った以上に大変なことになっていた。

大きな机の上に乗せられた千香が、お腹を押さえて呻き声をあげている。黒いスカートの下からわずかな血液が漏れていて、零次は蒼白《そうはく》になった。

悠貴は千香を取り囲んでいるあやかしたちをかき分けて、九十九に声をかけた。

「救急車は?」

「もう呼んだよ」

「そうか……なら、来るまでひたすら安静にさせとけ。たぶん、切迫流産だ」

「——りゅ……っ?」

その場にいたもの全員が目をむいた。

「流産? 千香さんが?」

零次は大げさに声をあげた。

「ってか、千香さん、妊娠してたの?」

「見りゃわかるだろうが」

サラリと悠貴に言われて、零次は大きく首を横に振った。九十九も零次と同じように動転しているので、まったく気がついていなかったようだ。

見ればわかると悠貴は言うが、千香のお腹は、はたからは目立っているようには見えない。妊娠経験のある女性ならともかく、普通の男ではなかなか気がつかないだろう。

まじまじと悠貴を見つめていると、何事かを考えていた兄が突然、千香の服を脱がし始めた。

「ちょっと！　なにやってるんだよ！」

顔を赤くして兄を止めると、悠貴はうっとうしそうに零次の手を払った。

「びしょ濡《ぬ》れの服を着たままじゃ、腹が冷えちまうだろうが」

「そ、そうだけど……」

「お子様は後ろ向いてろ。……それと、そこのちょんまげ！」

悠貴はいきなり釜土守りを指さした。

「え？　あたし？」

「そう、そこのお前だよ。着物を脱げ」

「——えっ？」

もの凄《すご》く奇妙な顔をして、釜土守りが問い返した。これは釜土守りでなくても驚くだろう。

「な、何言ってんのよ、あんた！　あたしは乙女《おとめ》なのよ！　殿方だらけの檻《おり》の中で、裸《はだか》になれるわけないでしょ！」

両腕をクロスさせて胸を守り、釜土守りは喚《わめ》く。

「おもしれぇ冗談を言ってないで、とっと脱げ！」

「冗談ってなによ！」

「いいから、脱げって言ってんだよ！　切迫流産はなるべく動かさないのが鉄則なんだよ！　お前の着物が一番着させやすいだろうが。なんなら上に掛けるだけでもいい。濡れた服のままでいるよりはマシなんだよ！」

これ以上にないほど真剣な目をする悠貴に釜土守りは怯《ひる》む。うろたえる彼とは反対に、零次は十分に納得した。

「釜土守り！　ごめん！」

一言詫《わ》びを入れて、零次は釜土守りの着物の帯をほどいた。

「イヤー！」

気持ちの悪い悲鳴をあげて、釜土守りはクルクルと回る。零次が着物を引っぺがすと、ふんどし一丁になった釜土守りは恐怖に顔面を引きつらせて、床に膝《ひざ》をついた。

「信じられない！　なんて凶暴な兄弟なの！」

「ちゃんと洗濯してる？」

「ちょっと、どこまで失礼なのよ！　あたしは綺麗《きれい》好きなのよ！」

「なら、よかった！」

憤慨《ふんがい》する釜土守りに謝りもせずに、零次は着物を悠貴に渡した。

手際よく千香に着物を着せて、下肢《かし》にタオルを敷くと、悠貴はチラリと時計に目をやった。

「……これ以上できることはねぇ。あとは救急車が来るのを待つだけだ」

「……ありがとう、ございます」

か細い声で、千香が礼を言う。悠貴は彼女に顔を近づけて、家族は？　と問いかけた。

「旦那《だんな》に連絡しなきゃなんねぇだろ」

そう言う悠貴に、千香はまつ毛を震わせて答えた。

「夫はいません……」

「え？」

驚きの声をあげたのは悠貴ではなく、後ろで千香を見守っていた水天だった。彼を振り向いた一同は、同時に目を見張る。

「水天！」

体中、ひび割れだらけになった水天が、うろんな表情で佇《たたず》んでいた。

どうしたのだと、問うまでもなかった。

彼は今、水のない世界で死の淵《ふち》にいるのだ。

「そうだ、水天さん！　早く川に戻って！」

九十九が慌てるが、水天は緩く首を横に振った。

「もう手遅れだよ」

今から水につかったって、この体は元には戻らないと、水天は呟く。

「水をかけてもダメなのか？」

涙目で零次が問うと、水天は微笑を浮かべて頷《うなず》いた。

悠貴は厳しい顔つきで、水天から目を離すと再び千香に声をかけた。

「旦那さんいないって？　他に家族は？」

すると、千香はまたも首を横に振った。

「夫は……去年事故で亡くなりました。……両親は県北のほうにいるので、すぐには来られません」

「――っ⁉」

千香の告白に、零次たちは絶句する。

衝撃的な事実だ。てっきり、今の今まで千香は幸せの最中《さなか》にいるのだと思っていたのに、まさか、旦那さんが亡くなっていたなんて想像さえしなかった。

千香にどう声をかけてあげたらいいのかわからずにいると、水天が小さく彼女の名を呼んだ。

「――千香さん」

皆が見守る中、水天は彼女の手をそっと握った。

「もうすぐ救急車とやらが来るからね。大丈夫だよ、きっと赤ちゃんも無事だよ」

苦しい息の中で千香の目は虚《うつ》ろだ。水天の声は聞こえていないようだ。

こうしている間にも、水天の体はどんどんひび割れていく。千香も心配だが、水天の身も危険だった。

「ほっこりさん！　このままじゃ水天さんが死んじゃうよ！」

どうにかならないかと零次がすがると、九十九は強い眼差《まなざ》しで頷いた。

皆に背を向けてフランス民話の棚に向かった九十九は『美女と野獣《やじゅう》』の本を手に戻ってきた。

「千香さん、こんな時になんだけど、少しだけ俺の声に耳を傾けていて」

九十九が千香に囁《ささや》くと、彼女は頷いた。朦朧《もうろう》とする意識の中でも、理解はしてくれたらしい。

「水天さん」

「最後の童話だね……」

「そんなこと……『人魚姫』より『美女と野獣』だよね」

「ああ、ありがとう九十九」

覚悟を決めたのか、水天の声は穏やかだった。

九十九はおもむろに本を開くと、もう何回も水天に聞かせていた物語を読み始めた。

朗々《ろうろう》とした九十九の声は空気をユラユラと震わせて、感情に直接触れてくる。

低くて穏やかなテノールは、童話を読み聞かせるために授かったような声質だった。

物語が終盤に差し掛かった時……そうちょうどヒロインが涙を流して、野獣への許しを請《こ》うその時だ。

水天の体が、バキバキと嫌な音を立て始めた。

もう、限界なのだ。

「水天さん！」

零次が思わず叫んだその時、水天の手をギュッと握り返す温かい手があった。

「……千香さん」

驚く水天に、千香は苦しそうに笑った。

「あなたが……助けてくれたんですか？」

「――っ」

水天は、声も出せずに千香を見つめている。彼女の目の中には、はっきりと水天の姿が映っている。

「奇跡だ……」

初めて彼女の視界に入れて、水天は感動のあまり涙を流した。強く千香の手を握り返すと、千香も同じ強さで握り返してくれた。

「ありがとう、ございました……」

鈴《すず》のような声で千香が言う。水天は子供のように首を振って泣きじゃくった。

遠くで、救急車のサイレンが聞こえる。

彼女との別れの時が近づいているのだと察して、水天は千香の傍《かたわ》らに両膝をついた。

「こちらこそ、ありがとうございます……。ずっと、ずっとあなたが好きでした……」

「……」

「私に幸せをくれてありがとう……」

二人は初めてまともに会話を交わしているのだ。

これは、童話の力なのだろうか。

「……名前を教えてください」

瞳を潤《うる》ませて、千香が言った。

水天は戸惑ったように唇を噛む。教えていいのかどうか判断ができなかった。

「……あなたの名前が知りたいです……」

なおも千香が言った時、救急車のサイレンが店の前で止まった。

担架《たんか》を持って現れた数人の救急隊員が、水天に体当たりするように千香に駆け寄る。

彼らにはあやかしが見えていないから、しかたのないことだ。

救急隊員は手近にいた悠貴に声をかけた。

「ご家族の方ですか？」

「いえ、知り合いです。切迫流産だと思うんですけど……」

「妊娠なさってるんですね？」

「はい。たぶん」

いくつかの事項を確認し、救急隊員は千香を担架に乗せていってしまった。

「零次、俺は一緒に千香さんについていくから、お前はここにいろ」

「う、うん」

ポンッと頭を叩かれて、零次は頷いた。反論する理由はない。

救急車を見送って店の中に戻ると、あやかしたちが倒れている水天の側に集まっていた。

もう、水天の足は砂漠の砂のように、サラサラになって消えてしまっている。

「水天さん！」

零次が駆け寄ると、水天は半分だけになってしまった顔で笑った。

「ありがとう、零次、みんな。最後に千香さんと話すことができて、私は本当に幸せだ……」

「何言ってんだよ！　死んだらダメだよ！」

「……そうだね——九十九はいるかい？」

水天は手をさまよわせて九十九を探した。

「——ここにいるよ水天さん」

九十九が顔を見せると、水天は彼の頬に手を当てた。

「ありがとう。優しい子……。君や零次君に会えて私は嬉《うれ》しかった。長く生きるのも悪くないなと思ったよ」

「……」

「君の読む『美女と野獣』が、私はとても好きだったんだ。甘えていて悪かったね」

「何を言ってるんだよ、これからもずっとずっと読んであげるよ」

「ふふ……言っただろ。『美女と野獣』は卒業なんだ。前を向かなきゃね……」

そう言って、水天はゆっくりと目を閉じた。

「水天さん！」

「——……」

水天が最後の力を振り絞って何かを呟いたが、聞き取ることはできなかった。きっと、愛する人の名前だったのだろう。

「いやっす！　水天さん、目を覚ますっす！」

蜘蛛男《くもおとこ》が号泣する中、水天は完璧《かんぺき》に砂と化してしまった。

サラサラと九十九の手の間をすり抜けていく砂に、零次は涙を流す。

この一粒一粒が水天なのだ。

これが、くるおしいほどの恋を貫いて消えていったあやかしの、最期の姿だった。

第五頁

携帯電話と薔薇の花

「去年の冬の事故？」

倉敷《くらしき》市内の大きな総合病院のエレベーター内で、零次《れいじ》は小さく声をあげた。

九十九《つくも》は神妙に頷《うなず》きながら、五階行きのボタンを押す。

「千香《ちか》さんが勤める店の店長さんに聞いた話だから、間違いないよ」

「……そうなんだ」

未《いま》だに衝撃的な話が信じられず、零次は暗い顔になった。

「まさか、千香さんの旦那《だんな》さんが亡くなっていたなんて……」

旦那さんが亡くなったのは、五カ月前。不幸な車の事故だったらしい。

てっきり千香は幸せな新婚生活を送っていると思っていたのに、実はそうではなかったと知って、零次は我が事のようにショックを受けていた。

「……」

沈黙の中でピンポンと音が鳴り、エレベーターのドアが開く。五階のフロアに降り立つと、零次と九十九はまっすぐに千香の病室に向かった。

救急車で運ばれたあの日から、千香は絶対安静の状態で入院しているのだ。幸い、お腹《なか》の子供は無事に育っているので、これ以上、流産の危険を招かないようにするための処置だった。

「零次君、ほら笑顔笑顔！」

まるで、自分が不幸を背負ってしまったような顔をしている零次をたしなめて、九十九は病室をノックした。

「はい、どうぞ？」

室内から響《ひび》く女性の声に、零次は気を引き締める。中に入ると、千香がベッドの上で迎えてくれた。

「枳殻《からたち》さん、来てくれたんですか？」

「ええ、どうしてるか様子が気になって」

九十九は持参した果物かごを千香に渡した。

「ありがとうございます。……零次君も来てくれてありがとう」

ベッドの上で、千香は嬉《うれ》しそうに笑っている。あまりにも彼女の声が明るいので、旦那さんが亡くなったなんて、少しも思えなかった。

「なんだか、あなたたちにはいろいろと迷惑をかけてしまって……。自分でもどうやってあの店に行ったのかわからないんだけど……」

千香は、困惑しているようだった。

彼女には、あの夜の記憶はほとんど残っていないのだ。川から上がったあと、なぜか自力で九十九の店に助けを求めに行ったと思っているようだ。

残念だが彼女の頭の中には、あの夜の水天《すいてん》の姿が残っていない。零次は、それがとてもやるせなかった。

「元気そうでよかったです」

詳しいことには触れずに、九十九は微笑《ほほえ》んだ。

「ええ。ベッドからはしばらく動けないんですけど、赤ちゃんが無事でよかったと思って……」

愛《いと》おしそうに下腹部をさする千香に、零次はわずかに体の力を抜いた。今は彼女の中に宿っている命だけが千香の支えであり、零次たちにとっても希望だった。

「あの、千香さん。……今日はこれを持ってきたんです」

そう言って、零次は千香に緑色の携帯電話を差し出した。

水天が砂になってしまったあとに、彼の服の下から出てきた物だった。水天は、千香の代わりに携帯電話をずっと守っていたのだろう。

この電話を渡すのが水天ではなく自分なのが納得いかなかったが、零次は感情を押し殺して笑みを作った。こればっかりは悔しがってもしかたがないことだ。

千香は喜びを顔中に表して、携帯電話を受け取った。

「ありがとう！　ずっとずっと捜しとったんよ。……あの夜、いったん見つけとったんじゃけど、川に落ちちゃったから、また落としたのかと思ってた！」

「……ずっと、しっかり握ってましたよ」

「私が？」

「はい」

本当は水天がだが、零次はあえてそう返事をした。矛盾は少ないほうがいい。

千香は愛おしそうな目で携帯電話を開いた。

「充電してくれたんじゃね……」

「防水だったから、まだ使えるみたいです」

ショップに行って確かめたから、それは間違いない。

千香は礼を言うと、携帯電話を操作して耳に当てた。

じっと何かを聞いていた千香は、やがてハラハラと大粒の涙をこぼしだした。

どう声をかけていいかわからないので二人で彼女を見守っていると、千香は九十九にそっと携帯電話を差し出した。

「なんですか？」

「再生ボタンを押してみてください」

携帯電話の録音機能だ。留守録とは違い、純粋に録音する機能なので、外の音や残した い声などを録音しておくことができる。

これを押して、聞けと言うことなのだろうか。

九十九はためらいながらも、ボタンを押して携帯電話を耳に押し当てた。

「……」

しばらくして、九十九は零次に携帯電話を渡してくれた。自分が聞いていいのか迷っているると、千香が小さく頷いた。

許可を得て耳に当てると、そこからは知らない男性の声が聞こえてきた。

『あー、千香？　千香さん？　昨日はその……ごめんなさい。カッとなった俺も悪かったです。っていうか、本当にくだらないことで君を怒らせちゃったなって反省してます。……許してください。……俺は、本当に君を愛しています。これだけは、誰にも譲れない気持ちです。君と結婚してよかったって心から思ってます。……だから、機嫌をなおして？　ね？　愛してるよ、千香』

録音は、そこで終わっていた。

すぐに旦那さんだと理解して、零次は瞳《ひとみ》が潤《うる》むのをこらえながら千香に携帯電話を返した。

千香は携帯電話を抱きしめて、困ったように眉を寄せた。

「うちの旦那、恥ずかしいじゃろ？　バカなんよ……」

「そんなこと……」

「ううん、バカなん。ちょっとしたことで夫婦ゲンカをしちゃって、その弾《はず》みでうっかり私の携帯電話を壊しちゃってね。……反省したのか、すぐに新しい携帯を買ってくれたんじゃけど、私に渡す前に事故で死んじゃった……」

「……」

「いじっぱりで子供みたいな人じゃったから、直接謝れんかったんじゃね。こんな声を録音しとって……私が聞くかどうかもわからんのに」

「それじゃ、この声って……」

「そう、これが生前の最後の声……愛の告白が最後の言葉なんて、できすぎとるじゃろ？」

千香は涙をぬぐって苦笑した。

本当にバカな人だと言う彼女の声は、夫を愛しいと思う気持ちが溢《あふ》れていた。

「――だから、この携帯電話じゃないとダメだったんですね」

「ええ……」

千香は九十九に頷いた。

携帯電話をなくしてから、彼女はどんな思いで捜し回っていたのだろう。

きっと、心細くて寂しくてしかたがなかったに違いない。

「すみません。俺、何も知らなかったから……」

九十九が謝ると、千香は手を振って笑顔を見せた。

「なにを言ってるんですか。知らなくて当然ですよ！　私も、ごく親しい人にしかこの話をしてなかったし……。内緒にしてたんです。新婚早々未亡人《みぼうじん》だもの！」

「千香さん……」

「今は、この子がいるから大丈夫なんです。……けど、この前調子が悪くて病院に行ったら、切迫流産に気をつけろって言われて不安になっちゃって。そうしたら、どうしても翔《しょう》ちゃんの声が聞きたくなって……。春の嵐も来るって言ってたから、川が増水したらあの川岸を捜せなくなるって思って焦《あせ》っちゃったんです……」

だから、あの日の早朝にたった一人で、川畔《がわはん》まで捜しに来ていたのか。

零次は納得して、手にしていた紙袋を握りしめた。それを見て、九十九が手を伸ばした。

「零次君」

零次の迷いを見抜くような九十九の声だった。

「わ、わかった……」

決心して、零次は九十九に紙袋を渡す。

「なぁに?」

小首を傾げる千香に、九十九は瞳を和《やわ》らげて言った。

「あなたに、どうしても渡したいものがあって……」

「渡したいもの?」

「ええ」

九十九は袋の中から、一冊の本を取り出した。それは、水天がずっと読み続けていた『美女と野獣《やじゆう》』だった。

「これを、あなたにどうしても贈りたくて」

「童話……?」

『美女と野獣』の本を受け取った千香は、キョトンとしていたが、表紙をめくって顔を輝かせた。

「きれいな絵本……」

この本は、フランスの有名な画家が挿絵《さしえ》を描いているので、読まずとも十分鑑賞できる代物だった。

「『美女と野獣』か……懐かしいな」

子供の頃に、よく読んでいたと千香は言った。

「もしかして、この子に？」

お腹に手を当てる千香に、九十九が頷く。

「……生まれてくるお子さんに読んであげてほしくて」

それはただの口実だ。本当は水天の残した想いを千香にどうしても渡したかったのだ。

亡くなった旦那さんが残したメッセージを聞いたあとだと、なんとなく渡しづらかったが、これぐらいは彼も許してくれるだろう。

「それから……」

九十九は、袋の中から一本の薔薇《ばら》を差し出した。

「これは、俺たちからじゃなくて……うちの店の常連から」

「わぁ！　綺麗《きれい》な薔薇ですね。……常連さんって？」

「ご近所さんですよ。いつも、あなたを店の前で見かけてたらしいです。妊娠してるって聞いて喜んでました。お祝いに渡してくれと頼まれたんです」

「そうなんですか……」

たった一本の薔薇。その細やかさが九十九の嘘《うそ》に信憑性《しんぴょうせい》を持たせる。

ただ親切な近所の人間が、妊娠の祝いに渡す物としては丁度いい代物だ。そこに深い意味を持たないでいられる。

「嬉しい……」

千香は綺麗にラッピングされた薔薇を見つめて微笑む。

「なんだか、ベルになったみたいじゃね」

『美女と野獣』のヒロインの名を呟《つぶや》いて、千香ははにかんだ。零次も自然と頰《ほお》が緩《ゆる》んだ。

長いこと報われなかった水天（野獣）の恋が、ここでようやく成就したように見えた。

（よかったな、水天さん）

心からの笑顔を見せる千香に救われて、零次は胸に手を当てた。

なんだか今すぐ水天に会いたい。会って、よかったなと抱きしめてあげたい。

もう、それは叶《かな》わないけれど……。

「花瓶《かびん》に水を入れてきますね」

九十九が千香の枕元の花瓶を手に取った。

たった一本の薔薇を生けるには、少々大きすぎる花瓶だが、ないよりはいい。

給湯室に向かう九十九に、千香が声をかけた。

「あの、枳殻さん！」

「はい？」

「本当にいろいろとありがとうございました。退院したら、何かお礼をさせてくださいね。もちろん、零次君や悠貴《ゆうき》さんにも」

「そんな、いいですよ。元気な赤ちゃんを産んでくれればそれで……」

「いいえ、それじゃ私の気が収まりません」

助けてもらったことの恩を返したいのだと言う千香に、九十九は何事か考えるように窓の外に目をやった。

当たり障りなく礼などいらないと言っても、千香は納得しないだろう。

「だったら、一つだけお願いをしてもいいですか？」

「はい。私でお役に立つことなら」

「ありがとうございます」

九十九は、千香の目をまっすぐに見つめた。

「……実は最近なんですが、親戚の子に一匹の金魚を押しつけられまして……」

「金魚？」

「はい。縁日の金魚すくいで取ったものなんですけど、家にはウサギがいるし、お店も忙しいから世話が大変で……」

「……はい」

「退院して、体調が戻ったらでいいんですけど、俺の代わりに飼ってもらえたら嬉しいなと思って……」

「……」

九十九の申し出に千香は驚いていたが、嫌な顔をせずに了承してくれた。

「わかりました。私、金魚は大好きなんです！　その子の名前はなんて言うんですか？」

「──水天！」

零次は興奮して身を乗り出した。

「水天って名前だよ！　いい名前だろ？」

「水天……」

一生懸命《いっしょうけんめい》に訴える零次に、千香はクスクスと肩を揺らした。

「ええ。とてもええ名前じゃね。……まるで川の主みたい！　水天君に会えるのが楽しみじゃわ」

　そう言って破顔する彼女は、零次が今まで見た女性の中で、誰よりも美しく慈愛《じあい》に溢《あふ》れていた。

第六頁

金魚の奇跡

「これが、水坊主の成れの果てか……」

枳殻《からたち》童話専門店のカウンターに置かれた水槽《すいそう》を、しげしげと眺めて悠貴《ゆうき》が呟《つぶや》いた。横で一緒に水槽を見ていた零次《れいじ》は、呆《あき》れて兄の顔を睨《にら》む。

「水坊主じゃなくて水天《すいてん》さんだってば。いいかげん、わざと言ってるだろう悠兄」

「水天も水坊主も似たようなもんじゃねぇか」

「違うよ、バカ」

水槽の中で泳いでいるのは、一匹の金魚だ。羽衣《はごろも》のように真っ白い尾ヒレをヒラヒラと揺らして、優雅に水中を舞っている。

赤と白のコントラストが美しい小さな生き物は、いつもびしょ濡《ぬ》れのまま泣いていたあの水天だ。

千香《ちか》が救急車で搬送されたあと、水天は砂と化してしまったのだが、なぜか本性である金魚の姿に戻り、命だけは取り留めたのだ。

あの日、床の上で金魚が口をパクパクさせていたのを見つけた時は、やれバケツだ水だ洗面器だとみんなで大騒ぎをしたものだ。

「こいつ、生きてるんだな」

嚙《か》みしめるように言う悠貴に、零次は頷《うなず》いた。

きっと、童話の力が水天の魂《たましい》を守ってくれたのだろうと、九十九《つくも》は言っていた。

水天があやかしに戻ることはできないだろうが、本性である金魚の姿に戻れただけでも十分奇跡的なことだったのだ。

「――水天、きれいだねぇ」

零次と悠貴の間で、人童子《ひとわらし》が嬉《うれ》しそうな声をあげる。その小さい頭を撫《な》でながら悠貴が言った。

「知ってるか？　金魚って水槽が大きければ大きいほど、体がでかくなっていくんだぜ」

「えっ、そうなの？　悠貴」

「ああ、まぁ環境にもよるけどな。金魚を小さいまま育てたかったら、なるべく小さい鉢《はち》で育てねぇとな」

「へぇ……」

物知りな悠貴に感心して、人童子は水槽の幅を手で測った。

テレビに例えると二十インチはありそうな水槽だ。水天一匹だけでは少々大きすぎる気もする。

水天のために、水草やエアーポンプなど、張り切っていろいろと買い揃《そろ》えたであろう九十九を想像して、零次は苦笑した。

「水天さんがブクブク大きくなったら、千香さんは困るよなぁ」

「まぁ、いいんじゃねぇの？　大きかろうが小さかろうが、長生きさせることが一番だしな」

「そうだよな」

「しかし、片思いから一気に同棲《どうせい》に漕《こ》ぎ着けるとは、九十九店長もなかなかやるな」

「同棲って……金魚と人間なんだけど」

千香に水天を託《たく》してくれたことに関しては、零次も悠貴と同じく九十九を絶賛したい気分だ。

あの場面で、とっさにあのセリフを言えたのは、九十九が常に水天の幸せを考えていたからだろう。本当に、あやかし思いの優しい人だ。

「ほっこりさんって悪い人じゃないだろ？」

なんとか九十九のことを認めてもらおうとする零次に、悠貴は何度か首をひねった。

「あやかしバカだけどな」

結局、曖昧《あいまい》な答えが返ってきて、零次は肩を落とした。長兄と次兄に九十九を受け入れてもらうには、まだまだ時間が掛かりそうだと思っていると
「——零次君ーっ！　悠貴君ーっ！」

店の外から九十九の悲鳴が響いた。

二人はハッとして、両手に持っていた金槌《かなづち》と釘《くぎ》に目を落とす。

「……忘れてた」

悠貴の言葉に弾《はじ》かれて、零次は外に飛び出した。とたんにゴオオオッ！　と強風が襲いかかる。そう、とうとう例の春の嵐がやってきたのだ。雨は降っていないが、とにかく風が凄《すご》い。

九十九は店の前に立てかけた梯子《はしご》の半ばで、なんとも情けない声をあげた。

「金槌を取りに行くって言うから待ってたのに、もう三十分はたってるよ！　なにやってたんだよ？」

「ごめん、うっかりしてて……」

「うっかりって、この状況で？　俺、このまま風にさらわれるかと思ったよ！」

「いや、本当にごめんなさい！」

九十九が珍しく目を吊《つ》り上げたので、零次は恐縮して謝った。

嵐のせいで童話専門店の看板が飛ばされそうだったので、暇そうだった悠貴を引っ張って補強を手伝うと申し出たのだが、水天に見惚《みと》れて仕事を放棄していてはまったく意味がない。

「ちょっと待ってて！」

反省しながら零次は梯子を登る。

「はい！」

庇《ひさし》の上に上がった九十九に金槌を差し出したその時、ガラリと初瀬《はっせ》家の戸が開いて、神《じん》が出てきた。

「……なんだ、これは」

目の前の状況を見て言葉を失っている兄に、零次はヘラッと笑った。人間、言い逃れができない場面に陥《おちい》った時は、誤魔化《ごまか》し笑いをするようにできているらしい。

「……っ」

神のこめかみがひくついたその時、ビョオオオオ！　と一際強い風が東町《ひがしまち》を吹き抜けた。

「うわあああ！」

「零次！」

傾いた梯子ごと転倒しそうになった零次を神が支える。

「神兄、ナイス！」

命拾いして、兄のファインプレーを賞賛すると、思いきり怖い顔で睨まれた。

「下りなさい」

「え？」

「いいから、下りなさい！」

「はい……」

叱《しか》られたので、零次はすごすご梯子から下りた。

「悠貴、零次。そのまま梯子を支えてろ」

そう言うと、神は厳しい顔のままで颯爽《さっそう》と梯子を登っていった。二人で呆気《あっけ》にとられているると、神は一階の庇の上で看板に釘を打っている九十九の側に行った。

「なにをやってるんだお前はっ！　嵐への備えは嵐が来る前にやるんだよ！」

「わかってるけど、それどころじゃなかったんだよ！」

「こんな暴風の中で庇の上なんかに登って、落ちたらどうするんだ！」

「……神、ひょっとして心配してくれてるの？」

「俺の弟が怪我《けが》をしたらどうするんだって言ってるんだ！　こんなこと手伝わせるな！」

「……やっぱりね」

うっかり喜んでしまった九十九は肩をすくめて、唇《くちびる》を尖らせた。

そんなことを言いにわざわざこんなところまで登ってきたのかと愚痴《ぐち》をこぼすと、神は黙って手を差し出した。

「なに？」

「金槌を寄こせと言ってるんだ。お前みたいにノロノロやってたら、いつ終わるかわかったもんじゃない」

「手伝ってくれるの？」

「勘違《かんちが》いするな。店の看板が飛びでもして、うちに直撃したらあとが大変だろうが！」

「……」

九十九から金槌を奪い取り、神は釘を打ち付ける。

「ほら、そこを押さえてろ！」

「あ、うん」

言われるままに、九十九は看板を押さえた。神は、見事な手際で大きな板をしっかりと壁に留めていく。

「普段からしっかり点検してないから、こういった時に慌《あわ》てるんだ」

「はい、その通りです」

素直に頷き、九十九は神の手元を見つめた。

基本、初瀬家の兄弟はツンデレが多い。これが、兄弟たちと関わった数週間で九十九が導き出した答えだった。

九十九にそんな評価をされているとは露《つゆ》知らず、零次は庇の上でガンゴンガンゴンと金槌を振り下ろしている長兄を見上げた。

「かっこいいな、神兄」

「でも、めちゃくちゃ怒鳴りながら釘を打ってんな……」

「神兄があんなふうに怒るのって、ほっこりさんだけだよな」

「でも、放っておけねぇんだな……損な性格だよな」

長兄の不本意な勇姿が少しだけおかしくて、零次と悠貴はしみじみと言い合った。

顔を見合わせて笑うと、また一際強い風が吹いた。

どんな強風に吹かれても、悠貴の美貌《びぼう》が崩れないのは凄い。この顔に騙《だま》される女の子は数知れずだ。

零次は梯子を押さえながら、悠貴に尋《たず》ねた。

「なぁ、ずっと気になってたんだけどさ、悠兄」

「なんだよ」

「千香さんが妊娠してるって、いつ気づいた？」

「は？　なんだ急に。そんなの一目見た時からに決まってるだろうが」

「ええっ？」

零次は驚愕《きょうがく》した。

一目見た時ということは、店先で初めて千香を見かけたあの時ということか。

「あ、あんな遠目でよくわかったな？　だって千香さんはお腹《なか》があんまり目立ってなかったじゃん」

「あー、まだ六カ月だし。元々細身だと、着ている服によっては腹は目立たねぇ人もいるよな」

「そうだよ」

実際、零次はまったく気がつかなかった。近くで話した時でさえ、違和感はまったく感じなかった。なのに、なぜ悠貴はわかったのだ。

「歩き方」

「へ？」

サラリと言われて、零次は目を瞬《またた》いた。

「少し腰が沿ってて、歩く時足が開き気味だった。すっげー細い人なのに、腹が重たそうに歩いてるなって思っただけだよ」

それだけ？　と思ったが、悠貴にはそれだけで十分なのかもしれない。

「……エスパー。だいたい、女の人の歩き方の違いがわかるってなんだよ、それ」

なぜか恥ずかしくなって、零次が頬《ほお》を染めると、悠貴はニヤニヤと笑って言った。

「ガキ」

「……うるせぇ」

やっぱり、女性関係では悠貴にはまだまだ敵《かな》わない。きっと足下にも及んでいないだろう。それでも、最近思うようになったことがある。

悠貴はひょっとして、零次が思うよりは硬派な人間なのかもしれない。事実、女性にはよくモテるが、遊んでいるところは見たことがない。

千香と水天のことに関してもそうだ。

零次は、悠貴が水天にしたアドバイスを今さらのように思い出していた。

「ひょっとして悠兄さぁ、千香さんの妊娠がわかってたから、水天さんにあんな乱暴な言い方をしたのかよ？」

「あ？」

「スッパリと諦《あきら》めさせてやろうと思って、突き放すようなことを言ったんじゃないの？」

だからあの時、千香に祝いの花でも贈ってやれと口走っていたのではないか。あれは妊娠したことを祝ってやれという意味だったのだ。

「……」

悠貴は口角を上げて、わずかに目を伏せた。

意味深な表情の中に、零次は兄の真実を見た気がした。

「悠兄……」

悠貴を尊敬の眼差《まなざ》しで見つめて、誤解していたことを謝ろうとすると
「まぁ、正直言ってイラついただけだ」

と兄が言った。

「え？」

「え？　じゃねぇよ。単に奴《やつ》が言ってることが女々《めめ》しくて、イライラしたから怒鳴っただけだって」

「………」

零次はドン引きして梯子から手を離した。

これは照れ隠しか？　それとも本気か？

悠貴の目の色からは何も読み取れない。

「――おい、九十九！　そんな釘の持ち方をしてたら手まで打ち付けるぞ！」

「ごめん！　これ、どうしたらいいの？」

「そんなの自分で考えろ！」

親方と新米弟子のような掛け合いをしている神と九十九の声を聞きながら、零次はぎゅっと目を閉じた。

（俺の二番目の兄ちゃん、単なる鬼畜《きちく》なのかツンデレなのか、どっちなんだろう……）

こんな大嵐の中で、零次は答えのでない疑問に真剣に悩むハメになったのだった。

※この作品はフィクションです。実在の人物・団体・事件などにはいっさい関係ありません。

集英社オレンジ文庫をお買い上げいただき、ありがとうございます。
ご意見・ご感想をお待ちしております。

●あて先
〒101-8050　東京都千代田区一ツ橋2-5-10
集英社オレンジ文庫編集部 気付
希多美咲先生

からたち童話専門店
〜えんどう豆と子ノ刻すぎの珍客たち〜

集英社
オレンジ文庫

2015年5月25日　第1刷発行

著　者　希多美咲
発行者　鈴木晴彦
発行所　株式会社集英社
〒101-8050東京都千代田区一ツ橋2-5-10
電話【編集部】03-3230-6352
【読者係】03-3230-6080
【販売部】03-3230-6393（書店専用）
印刷所　大日本印刷株式会社

※定価はカバーに表示してあります

ISBN 978-4-08-680019-8 C0193

集英社オレンジ文庫

櫻川さなぎ

恋衣神社で待ちあわせ

世間知らずな自分を変えたくて
神社のバイトに応募したつもりが、
手違いで巫女カフェで働くことになった
女子高生のすず。バイト初日、さっそく想定外の
事件に巻き込まれてしまい…？
神楽坂・恋衣神社のまったり事件簿!